淘
能与书相遇，是一辈子的美好。

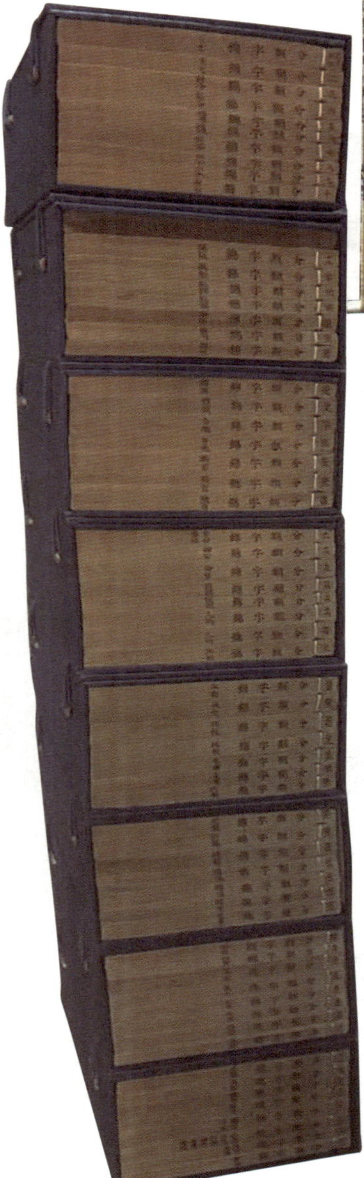

2　在如今的旧书店里，相遇的各种可能性皆有。

在旧书店里淘书、聊书，也特别惬意。

淘书就是在遇与不遇之间，其中微妙也就有了故事。

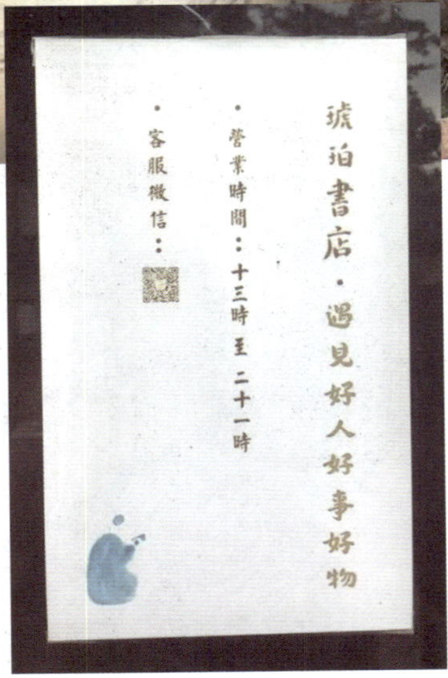
琥珀書店·遇見好人好事好物
·營業時間：十三時至二十一時
·客服微信：

琥珀書店

淘书，未必在乎是否淘到珍本秘籍，而是在于淘书的过程，享受与书相亲相近的美好时光。

每次逛旧书店，虽然收获不一，但热情不减。

感受过旧书独有的味道，你就会被它吸引，念念不忘。

之所以爱逛旧书店，是因为能够寻找到息息相通的缘分。

二手书店，并非是二手生活。

# 我在旧书店等你

朱晓剑 著

金城出版社
GOLD WALL PRESS
·北 京·

**图书在版编目（CIP）数据**

我在旧书店等你 / 朱晓剑著. —北京：金城出版社有限公司，2023.10
ISBN 978-7-5155-2469-6

Ⅰ. ①我… Ⅱ. ①朱… Ⅲ. ①散文集—中国—当代 Ⅳ. ①I267

中国国家版本馆CIP数据核字（2023）第053911号

**我在旧书店等你**

---

**作　　者**　朱晓剑
**责任编辑**　雷燕青
**责任校对**　张礼文
**责任印制**　李仕杰
**开　　本**　880毫米 × 1230毫米　1/32
**印　　张**　8.75
**字　　数**　200千字
**版　　次**　2023年10月第1版
**印　　次**　2023年10月第1次印刷
**印　　刷**　小森印刷（北京）有限公司
**书　　号**　ISBN 978-7-5155-2469-6
**定　　价**　58.00元

---

**出版发行**　**金城出版社有限公司**　北京市朝阳区利泽东二路3号　100102
**发 行 部**　(010) 84254364
**编 辑 部**　(010) 64210080
**总 编 室**　(010) 64228516
**网　　址**　http://www.jccb.com.cn
**电子邮箱**　jinchengchuban@163.com
**法律顾问**　北京植德律师事务所　（电话）18911105819

# 自序

这几年我没有少往旧书店跑，不管是成都本地的，还是其他城市的旧书店，总是期望去逛一逛。跟我这些年的阅读兴趣有关，感觉常常需要淘旧书才能发现更多有意思的内容。当然，新书有新书的价值，新书与旧书，各有各的妙处。

每次逛旧书店，虽然收获不一，但热情不减。这种逛，更多的是一种淘书的享受。淘旧书，不像逛新书店那样，直接冲到书架前，看见中意的书买下即可。这与网上购书多少有些相似，但网购的趣味却是大打折扣，简而言之，缺少发现的愉悦，没有淘书的乐趣。

传统的旧书店，虽然看上去毫不起眼，尤其是书店里的旧书堆放得杂乱无章，即便是上架的书，也没有明确的分类，店家似乎把收到的书随意地放在不同的书架之上，但在爱书人的眼里，那是一种参差之美。

总之，这时候就需要花时间去挑选中意的书，至于到底有多大的收获，常常是未知数。如果遇见一册久觅不遇的书，自然是惊喜万分。像这样的惊喜，唯有在旧书店里才能遇到，因为新书可以从多个渠道购买得到。

如今的旧书店已经进入2.0版本，不仅店面亮堂，且图书分类清晰，如此寻书也方便了许多。不仅如此，有的旧书店还会准备茶水，淘书淘累了，不妨坐下来吃茶闲话，与店主聊聊旧书，也是难得的雅事。

有经验的店主无论图书版本或各种资讯信息，常常如数家珍，也有的店主沉默不语，一切请自便。当然也不乏夸夸其谈的店主，猛地一看，似乎精通旧书行业，但多半只是图利，至于旧书的各方面内容，并没有特别清晰的认知。

总之，在如今的旧书店里，相遇的各种可能性皆有。

关于旧书行当，除了旧书店之外，还有数量众多的旧书摊。在成都，我就是旧书摊的常客。有时候去逛旧书摊，也不一定要淘书，只是为了和书友相遇，看看书市上又有了怎样的故事流传。一年总要去几十场，如此淘书之旅，犹如流动的阅读盛宴。

在不同城市与旧书店相遇，都会有故事，因此每一次的走访都值得期待。当然，到陌生城市逛旧书店，倘若有三两当地书友同行，更是一大幸事。

恰有书友同行，才能对一个城市的旧书市场有个快速且全面的了解，仅仅依靠网络上的旧书店信息，未必准确，这种近距离的走访才可以看到各个城市的读书精神。

这部《我在旧书店等你》是我多年逛旧书店的成果。对旧书店的关注，始于阿滢兄主编的《中国旧书店》（金城出版社，2014

年 3 月出版）。在这本书里，我写了一组成都的旧书店。如今，这些旧书店大多依然是旧书业的中坚力量，只有全蜀艺文史书局悄然歇业。

有一次，我从成都武成大街路过时，特意留意了这家书店，虽然书店招牌还在，但门楣上却落满了灰尘，想来已是歇业许久了。

旧书业中的旧书店、旧书摊，在今天依然经营不易，不只是生存环境的问题，还面临着旧书来源越来越稀少的情况，从而带动了旧书价格的上涨。

比如，以前我逛旧书店时，会遇到一些机构或单位的档案资料，现在这类资料多数已被化为纸浆，为我们了解当下的社会现状增加了许多困难。

再比如，不少城市针对实体书店推出了各种扶持计划，不管是扶持资金，还是政府购买服务，一直很难兼顾到旧书店、旧书摊。倘若看看日本的神保町旧书店街的发展，也许旧书店会获得更多启示。

藏书家韦力先生说过：常逛旧书店，才是爱书人。

那么，就让我带着你们一起去逛逛旧书店吧。

我在旧书店等你。

朱晓剑

2022 年 10 月 8 日

# 目录

## 卷一　书店行脚

## 卷二　漫游记

## 卷三 逛书摊

## 卷四 猎书记

## 卷五　书海寻醉

卷一

# 书店行脚

# 一流的旧书店：**淘书斋**

成都的旧书业有多少书店传奇，真是不可胜数。

有位做线装本的老兄，靠偶然的几册线装书囤了第一桶金，随后在旧书领域做得风生水起。

已年过八旬的蒋德森老先生在国内旧书业界被称为“书王”，他不仅熟稔成都旧书业的发展史，而且私人线装书收藏的数量和质量在全国都是有名的，老先生经营的淘书斋，30 年来一直是众多淘书者的快乐源泉。

在成都的旧书业，淘书斋是一个神话。

流传最多的一个段子是，在一些图书拍卖会上，蒋老师啃着馒头举牌买书，颇有点财大气粗的派头，一大堆旧书不管好歹，先拿下再说。他的库房里有多少宝贝，那可真是一个未知数。

我接触淘书斋的时间比较晚，那时还是一家小书店，在四川大学旁的文化路上，逛过几回，也顺便买了几册书。后来，书店

搬到四川大学校园里，再后来，转到草堂的旧书市场，如此搬家，在书业也是常事。书店总要跟着社会大环境的变化做适度的调整，如此才能有立足之地。

有时懒得去书店选购，干脆在孔夫子旧书网上直接下单，有时间再去书店取书，如此购书模式也方便。记得淘过扬之水的《脂麻通鉴》和谷林的《书边杂写》，因为直接在网上预订，有好几次抢先下手淘到如意的书，真是快意。

有一天，遇到朋友心岱说，刚去书店看到一本心仪已久的书，却被你预订了，真是有一些“恨意”。但这样的淘书机会还是少之又少。

大概在2005年前后，因为混迹“天涯读书”，结识了不少书友，也带他们去淘书斋淘书——此时的四川书市还在梨花街，而淘书斋就在它的四楼。印象中带沈胜衣去过，也带茶文化专家周重林去观书，在那里还遇到过有“大侠”之称的胡洪侠在淘书。这等偶遇，不是很多，却看得出读书人对淘书斋的喜爱。

后来，淘书斋在罗马假日广场、文殊坊、四川书市和送仙桥古玩城等开有分店，一时无两，真是一种盛况空前的事情（也是旧书店最为辉煌的一个时期）。

但喜爱旧书的人只是那么固执的一小群，旧书店依然小众，这样的开店法，是否能赢利，是否能生存，还真是一个疑问。后来，随着物价的上涨，实体书店经营得越来越不容易，好几家分店相继关门，只保留了送仙桥和玛塞城的两家店。

淘书斋有一副对联，极有意思：读书好潜移默化务虚求实成学问，好书读养性修真取义成仁是栋梁。横批：淘书斋淘。如此可见，淘书斋对旧书店的功能概括得真是齐全。

虽然有不少爱书人对淘书斋颇有“微词”，书价也比其他地方高一点儿，但仔细想来，这几年的旧书价格每年都有上涨的趋势。即便是普通版本的书，也是如此。而淘书斋的书价却是相对公道的。

蒋老师曾经说："古旧书店本身还要有特点：那就是'拾遗补缺'，外面没有的书，在这里有可能找到；外面能够找到的，在这里应该便宜点。古旧书店没有排班站队的，再没有这个特点就开不下去了。"

罗马假日广场的旧书店越来越少。当玛塞城收藏品市场悄然兴起的时候，淘书斋和几家旧书店搬到了这里，在淘书斋旁边是一家旧书修复的铺面。只要有空闲时间，蒋老师都会来旧书店坐一坐，理一理旧书。

我去逛过的次数不算多，并不是因为没有时间，而是每次去淘书，等到 9 点旧书市场散场，这里的几家旧书店还没有开门，故而失去了闲逛的机缘（旧书店一般都在 10 点左右开门）。

在淘书斋刚搬过来的时候，几家旧书店计划做一次旧书论坛或旧书展，想请蒋老师坐镇指挥。可蒋老师说"年纪大了"，不再操办具体事情，"还是由你们年轻人来举办比较好，有什么需要我参加的，我来就是了"。

活动筹措了数月之久，玛塞城所在的市场方最初答应给予经费支持，却因种种原因最终没有举办成，真是可惜。

2019 年，舒凡在湖南醴陵组织了一次旧书展。全国各地的旧书摊去了近百家，成都几乎是组团去参展。蒋老师也带着许多书，坐火车去参展。那次活动，我见到了蒋老师，全国各地的书友知道蒋老师来参加旧书展，纷纷前来拜访。这时候，我才知道蒋老师的影响力到底有多大。

要说在淘书斋淘了多少书，也没个准确的数目。我记得每次去淘书斋，总是有许多的收获，不会空手而归。我还曾淘到过一册民国旧期刊，是关于地方文化的，像这样的资料在旧书市场上已经难得一见了，而且价高，但淘书斋的书价还是公道的。想一想，成都有淘书斋这样的好书店，真是一种幸运。

# 卖旧书也要有创意的**缥缃书局**

在成都，有 10 年历史的旧书店不算少数。缥缃书局就是其中的一个，早在 2003 年的时候，已在孔夫子旧书网上落户，那时，这家旧书店还是冉云飞以“敌人韦小宝”的名字所开。冉舒文（业界称“冉大”）后来说，这是在酷爱藏书的叔叔力邀之下参与到缥缃书局中的。一开始，他仅仅把这个当作和书友交流的平台，纯粹是为了兴趣。当他真正投入以后，却发现里面别有一番天地。

关于淘书故事，冉舒文曾撰文说，在一个旧书市场闲逛，突然发现一个摊位上竟有周作人的《谈龙集》（开明书店，1930 年平装版），经过讨价还价，最终以几十元的价格买了下来，如果在稍微正规一点的书店，估计要这个价钱的 10 倍以上。

还有一次，冉舒文在地摊发现一本俞平伯 1948 年出版的诗集《遥夜闺思引》，还是线装版的。“你根本想不到什么价格，10 元！10 元我就买下来了。”冉舒文的兴奋溢于言表，简直太物超所值

了。因为同样版本的书在 2003 年 7 月北京书刊资料拍卖会上，拍出了 1200 元的价格（不含佣金）。冉舒文还曾好几次以不到 10 元的价格买到过明代的残本。

冉舒文的书主要从旧书市场以及一些书友家收购，他坦言，在成都做旧书交易压力较小，因为成都的旧书价格相对比北京等地便宜不少，成本降低了，经济压力就小了。冉舒文认为，旧书的价值在于版本存量稀少，有收藏价值，而且过去的人们对于出书的态度非常严谨，图书装帧精美，内容也很考究。“过去审定

书稿的都是知名学者、教授，把关很严，不像现在，有的书里还有不少错别字，甚至不通顺的地方。”冉舒文表示，缥湘书局主要经营文史哲方面的旧书，和现在相比，过去有很多国学大师的作品，因此这方面的旧书更显得弥足珍贵。

或许正因为这样，很多老书能卖出好价钱。在冉舒文所出售的书籍中，最昂贵的是两卷《怀米山房吉金图》。不过，这样的情况并不多，他笑称，自己的收入并不比工薪族高多少，但他很满足了。

“有几个人能够把自己的兴趣作为职业呢？”冉舒文这样说道，“从这点上来说，我是幸运的，现在我已经不仅仅把它作为一种兴趣，而是把它作为一项事业来经营。”

长期以来，缥缃书局经手的书不知有几多，除了文史哲类的之外，还经常售卖一些签名本。比如冉云飞、宋石男、朱晓剑等本土作家的新书出版后，在缥湘书局都能买到称心如意的签名本，这已成了成都旧书店里的特色。

创新也是书店的生命力。2012 年，缥缃书局把书店开进了客栈。在成都青羊区北东街上的缘来客栈里，只要住进这里的旅客都能看到一架架的图书，销量很不错（我也曾买过朱寄尧、王淡芳的《四川近百年诗话》）。因此，这家客栈被称为最有文化的客栈。令人遗憾的是，后来客栈转手，这家书店也就不存在了。

再后来，缥缃书局在玛塞城开了实体店。冉大有一段时间经常去外地淘书，守店的则是冉二。每次在旧书市场上看到冉大，都不忘拍一张冉大手持书册的照片。

闲暇之余，我会去缥缃书局坐一坐，与冉大、冉二吃茶，茶是朋友做的手工茶，聊一聊书人书事。我记得在这里买的书有林山腴的《清寂堂集》、周开庆的《刘湘先生年谱》、闵震东的《枕涛存稿》等数十种图书，可谓收获颇丰。

2018 年下半年，缥缃书局与青羊区三沙社区合作，开设“玉沙阅读空间 · 缥缃书局”，也成了缥缃书局深入社区、拓展阅读空间的新尝试。

## 付刚：干这行，腿杆要长

数年前草堂旧书市场还在，而芥子古旧书店就开在古玩市场的院子里。那时的古玩市场里面，密密麻麻布满了各种类型的小店，书画、古玩、旧书等都有。去逛过好几次，有一回，买了册诗人王尔碑的诗集签名本，也不过三五块钱。彼时，尚不认识芥子古旧书店老板付刚。

后来，古玩市场搬到送仙桥，而芥子古旧书店则搬到了罗马假日广场，有几家书店也跟着在这里开店，形成一个新的旧书店集群。

每个周末的送仙桥旧书会是旧书业的嘉年华，只要在成都，付刚都会早早地去参加。每当有人从车上把装书的尼龙口袋放到地上，周围就立刻聚集了一些爱书之人。付刚常常在其中，因为去得早，时常会遇到中意的书。现在，他依然还有逛旧书摊的兴趣，但因为好书越来越少，有一种越来越寡淡的感觉。

从业10多年的付刚现在成都旧书市场上已占得一席之地。关于旧书的来源，他说，通常是向私人购买、收集图书馆报废书，或是从收购站按本买来的。

来店里买书的人可谓是形形色色：古旧书爱好者、作家、大学生、教授……对书的热爱会因兴趣发生变化，对旧书的态度也会悄然转变。像以前那样每天卖出几千元的场景，现在已成追忆。

在谈到近年来实体书店普遍的经营状况时，付刚并没有面露难色：“网络是把双刃剑，这是大时代的产物。我们开实体书店，也把古旧书拿到网上卖，旧书行业大多数人走的都是这个路子。”但不得不承认的是，随着人们生活节奏的加快，看书这件事变得越来越小众了。“经常会有大学生来买书，但是上班族越来越少，大概他们没有时间看书吧。”

好耍，好看，也能挣钱，是付刚对古旧书的定义。如今的芥子古旧书店已经达到藏书数万册的规模，几个朋友一起合伙经营，也让付刚有机会出去走走看看。除了在成都收集旧书，付刚还经常到北京、西安、武汉、重庆等地淘书。但对于线装书这种不能再生的书源，正面临逐渐枯竭的态势。“干这行，腿杆要长。一得到消息立即出发，一些大专院校的老教授，或者大隐于世的老学究是我们的主要寻书对象。”

关于芥子古旧书店，龚明德先生曾说，这是几个爱书的中青年人合办的书店，以古旧书刊为主。有网店，生意可以。芥子古旧书店以付刚为主，他本来是一个裁缝，在被服厂上班，却特别喜欢周作人、姜德明、黄裳、陈子善和我等这类人写的书话类图书，10 多年前他拿了一本我的书让我签名，由此相识。书店另外三个合伙人，我不太熟，但他们都精于生意，在成都旧书从业者中要算是佼佼者了。

芥子古旧书店，跟芥子园画谱好像有些许关系，但关系也不大。付刚用他的青春年华给成都旧书业带来的活力，是有目共睹的。也正因如此，他在形容自己的状态时说“腿杆要长”，只有跑在同行的前面，才能与更多的好书相遇……

当罗马假日广场的旧书市场没落之后，不少书店转移到玛塞城收藏品市场，芥子古旧书店也跟着搬了过来。有时候，付刚也会到店里来坐坐，我偶尔去书店闲逛，遇到他的次数极少。

有一段时间，在周日的送仙桥旧书市场，却时常遇到付刚，于是一起吃茶聊书，不亦快哉。他已经很少逛旧书摊了，但对业务更为熟悉，有好的书册，也会留下来自己收藏。

我想起早些年卖旧书的行家，多是对图书版本有研究的，对图书也有精深的探求，或者称之为学者也不为过。现在贩卖古旧书的人虽然不少，但有这种精深程度的却已是不多见了。

# 毛边书局简史

多年之前，我写过一篇文章，这样讲述毛边书局的故事：

如果说毛边书局是书店，肯定有很多人不太服气，因为它并没有实体书店，是以网络渠道经营签名书、毛边书和旧书为特色的综合书店，被称为“毛边党的最爱”。书局网站上分类很细，用词老道，生意红火。谁也想不到，书局的主理人傅天斌竟是位刚过而立之年的年轻人，也就是著名的“毛边局长”。

傅天斌跟书结缘，因其舅舅——四川师范大学龚明德教授。龚教授对书业十分熟悉，在其指导下，傅天斌在湖北十堰经营毛边书局，专营各式毛边本、签名本，在全国同业中很有名气。随后将书店转到成都，书店规模也随之扩大。

《温州读书报》主编卢礼阳兄写过他逛毛边书局的印象：光线不亮堂，一排排书柜，相隔太挤，两人交会，侧身方能通过。顶格堆放四川地方志很多。温州人的著作仅见王明自传小册子。各有所得，结账的时候，天斌客气兮，你们第一次来，送给你们。岳年悄悄塞回书架。天斌说他们五人都送了，没送你，不好意思。硬要岳年找出来。高信的《长安书话》有签名章，而无上款。他说明这两本书是人家寄售的，得付钱。尽管如此，《范仲淹研究文集》，10 年之前出版，香港景范教育基金会委托代销，30 元，他只收 25 元，无异赔钱。又道，你们不好意思，以后多把自己的书给我。

关于淘书趣闻，亦有故事可说。10 年前某出版社迁址，傅天斌的一个好友打听到消息，便通知他去“收荒”。当他紧赶慢赶至现场，却发现好书已被其他人收走，剩下一堆编辑室闲置多年的落满灰尘的书稿杂物。

在那个计算机没有普及的年代，稿子大多用手写。于是一摞一摞的稿纸被装进信封里。傅天斌不顾尘土飞扬，打开一个个信封，如果被尘封的还有书，就算不虚此行。

拆到一个信封，他用手一掂，重量不像是沉甸甸的稿件呀。“一定是书！”他这样想着，迫不及待打开一看：吓！竟然是满满一信封的人民币！厚厚几沓，怎么着也有几万，到底是谁的？他立即联系朋友，辗转找到出版社，把钱交还负责人。“书中自有黄金屋，古人诚不欺我啊！”傅天斌笑着讲起淘书收书的趣事，“君子爱财，取之有道，这钱要不得哦！”

还有个故事跟成都文化名人车辐有关。车辐曾清理出许多废弃的旧物，其中一部分书刊纸制品流落到旧货市场。有一堆不起眼的书刊纸稿被堆放在书市入口的电梯旁，无人理睬。傅天斌走过去一看，笑了，因为这些纸稿上的署名用的是车老先生的笔名，如杨槐、苏东皮等，难怪有人觉得是一堆“废纸”！但傅天斌知道，立刻花了 300 元，用编织袋一装，背回家去慢慢研究。

其中一个本子，里面粘贴的全是饭馆里装筷子的纸袋，车辐先生在上面记录了宴请时间、地点、菜单和花费等，打开一看，甚为壮观。傅天斌如获至宝，常常翻阅把玩：“说不定美食家车老先生的《川菜杂谈》，就得益于这些记录。”

毛边书局不仅卖书，2004 年还曾试刊《毛边书讯》，后来出了四期（第三、第四期合刊），之后就再也没有了消息，这个尝试无疾而终，也间接说明开旧书店办刊，真的是不容易。

在 2005 年的时候，我去逛过一次毛边书局，印象中很不好找。在金雁路，那是一个阔大的书库，书堆得满满当当，既是书库也是店面，好在毛边书局的经营只在网上。那次，傅局送了几册《毛边书讯》，印象中内容单薄了些，有点像著名的读书民刊《开卷》，排版、装帧等都略显粗糙。也许毛边书局办刊只是兴趣，并没有长期做下去。

再后来，毛边书局搬迁到清溪东路 80 号一楼，这是一个老旧的居民小区，因临近二环路，很方便过去寻书。我曾带了不少朋友去看一看。只是书堆得太多，书库显得逼仄。每一次去，都觉得在书架间寻书是一件很不容易的事。尽管如此，我去的次数依然不少。因为有好书可以淘，故而才去得勤。

2014 年 10 月，在湖南株洲举行的第十二届全国民间读书年会上，意外地和傅局相遇。之后的读书年会，几乎都是一同参会。细数成都参加读书年会的人，大概傅局和我是参加次数最多的。

傅局不怎么写文章，却与许多书友相熟，更多的是通过网上书店淘书相识，如果来成都，一定得约着在书局见见面。这样的聚会，倒也是别致。

在成都的旧书业中，傅局是有情怀的贩书人，因为他不只是为了贩书，还希望好书能找到好主人。我想，很多人愿意到毛边书局去淘书，就在于此。

但十数万册图书挤在书库里，终究不是长久之计。傅局在寻找新的合作，期望把旧书文化带给更多的读者。

虽然声称热爱旧书的人不少，但要说以旧书为伍，还是极少数人。之后，我断断续续地听到有一些地方打算合作，或商业或公益，傅局也在挑选合作方。最终，2018 年上半年，与成都成华区的桃溪路街道合作，开了一家名叫“毛边书局 · 桃蹊书院”的读书场所。

2018 年 10 月 23 日，毛边书局 · 桃蹊书院正式营业。这样与街道合作的“书店 + 书院”的模式让不少旧书店看到了希望。也有一些旧书店试水，但因种种原因，并没有取得预期的效果。相较而言，桃蹊书院却因浓郁的书香氛围，吸引力与日俱增，成为成都成华区的文化地标。不只是如此，书院还收获了诸多的荣誉。

2020 年的疫情让不少实体店经营受挫，但桃蹊书院在傅局的运营下，取得良好社会效益的同时，还成功地举办了第十八届全国民间读书年会，成为成都这一年的阅读大事件。

# 林文书局：成都旧书业的翘楚

成都旧书店，逛来逛去，原来都是熟人。

十多年前，我曾逛毛边书局，跟傅局熟悉之后，就爱在一起聚会。两三年前，偶然得知网上书店林文书局原来是其弟弟傅天林所开的旧书店，位置在净居寺南街，同样在网上贩书，线下接待书友淘书。而我每次都不会空手而归。

天林也是送仙桥、玛塞城两个旧书市场的常客。每次淘书，都觉得像江湖豪客，动不动买一口袋书，不像我每次淘书不过数册而已，难以有这样的豪举。这当然是因贩书需要充足的货源，而像我这样的爱书人有一册书不会轻易再淘复本的。

天林早年入伍，退伍回来后刚好毛边书局的业务繁忙，他也开始做旧书。再后来独立开办林文书局，至今开了十几个年头，已成为成都旧书业的品牌，在孔夫子旧书网的排名也是名列前茅，可见其做书做得很有特色。因此，将林文书局称为成都旧书业的翘楚也是恰当的。

我家距离林文书局较远，来回坐车要花费两个多小时，故淘书的次数不多。印象中去淘过两次书，一次是在其附近参加一场诗歌活动，因去的时间早，就先去林文书局淘书，自然是淘到几册喜欢的书。我也介绍过几位朋友去选书，有好书与朋友分享是快乐的事，遇见好书店也是要分享的。

林文书局的图书品种多，淘书十分过瘾。后来因在旧书市场与天林时常见面，就在网上书店选书，提前告知一声，请他带到书市就可以了。算下来，一年在林文书局也淘到不少的好书。

有一年，我撰写外国人看成都的专题，查找到一册加拿大老照片项目小组编辑的《成都，我的家》，此书林文书局有售。于是商请天林借阅，书拿回家之后，天林却说“这本书送给你了”。这可真是解决了我的写作难题。

话说如今能让人心动的图书数量不算多，因此看到满意的书，只要价格不算夸张，就赶紧拿下，生怕过了这个村就没了这个店。林文书局做书店有特色，也在于天林能在书市淘到不一样的宝贝。比如个人自印的旧体诗词，我在旧书市翻到一册《彭山周紫庭先生遗诗》，数元拿下。他也淘过一册，价格自然不错。我以前淘到一册《魏时珍先生纪念文集》，不过数元而已，如今孔网标价高达150元，林文书局也有此书，价格要便宜一些。像这样的书事当然不少，可见懂书的人在旧书市场上随时都能遇见宝贝。

在旧书市场上，天林跟不少书摊老板都很熟悉，有时我遇见价格过高的书，就托他过去询询价，如果价格合适就拿下。还记得曾遇到几册油印的旧体诗词刊物，老板要价五六十元，我感觉价格有些高，天林过去询问，价格也降不下来。在老板看来，这书就应该值那么多。在我，淘书不过乐趣，当然得追求价格的合理性。

某次到简阳参加聚会，回成都的时候在龙舟路与净居寺交叉路口下车，询问天林是否在店里。刚好在，于是走过去，我淘了不少关于四川河流方面的书，比如《岷江志》《沱江志》《嘉陵江志》，等等。这样的书，虽是写河流状况，却是有着不同的人文价值。近几年流行自然写作，还需要这样的书作为底子的。我也打算有时间写一写四川的河流，觉得是很有意思的事。像这样的淘书，尽兴又有趣味。

天林待人真诚，有时淘书有优惠，有时甚至送书，这样的做法让爱书人觉得很温暖。爱书人与书店的关系，倘若多一些人情冷暖，就更接地气了。

林文书局越做越好，虽然在旧书市场见面也会时常感叹淘书不易，但因为爱书，这事还得坚持下去，至于未来会怎样，巨交给未来再说吧。

# 消逝的**全蜀艺文史书局**

近些年，持续关注本土文化，不管是逛旧书摊还是去旧书店，总期望遇到这方面的书。成都本土文化方面的书较多较全的当属位于武成大街的全蜀艺文史书局，原名叫四川文史书刊社。书的品相不错，唯一让读书人觉得遗憾的是价格太贵。

全蜀艺文史书局曾连续两年被评为“成都十大魅力书店”之一，名声享誉海外，受到来自韩国、巴西等国家的巴蜀汉学家的青睐。“西班牙的汉学家马克每次来四川，一定会到我的书店来看看。”书店老板赵明热爱巴蜀文化，更热心做这个事情，“巴蜀”只是他商业版图里的一环。

作为当时四川唯一一家以巴蜀文化类书籍为主的书店经营者，赵明有自己的坚持，从业 10 多年，酷爱古旧书。“这里有 45000 册有关巴蜀的文学、民俗、战争等方面的图书。我认为蜀文化是中国的本源文化，中国的很多神话故事都起源于四川，但由于分布零散，保存下来的不多。我做的事谈不上弘扬蜀文化，只能说尽力去保护它。”

赵明经常在周三、周日的送仙桥集市，周二、周四的文殊坊集市去淘旧书（现在已经很难在旧书市场上遇到他了），“捡拾零碎的巴蜀文化”已经成为他长期以来的习惯。这有点像台湾的诚品书店，做书店也是为了一个文化理想吧。

有段时间，我在红星路的一家杂志社上班，茶余饭后去逛逛全蜀艺文史书局，但也仅仅是看看而已，很少买了。有一回，看见一册《成都话方言词典》，想买下，看看标价要 50 元，只好舍弃。后来在路边的旧书摊淘到了一册，不过 3 块钱而已。这当然仅仅是个案。很多淘旧书的人，喜欢去全蜀艺文史书局，但除非真正需要，恐怕很少出手买书吧。

某次，台湾作家张典婉来成都，想寻找一些事关洛带客家文化的书，有几册书写到过客家文化，去普通的旧书店寻觅，怕是难以遇见，于是去了全蜀艺文史书局，结果买到了四五种，自然是满意而归。

要想找巴蜀文化之类的书，在这里会遇到个正着。方志、文史资料，基本都有。淘书也不必一架一架地查看，因为每个书架都有清晰分类，方便读者快速查找所需的书。

赵明开书店，其实不像是开书店，更像是玩文化。他有一个梦想，就是自己写一本书，把巴蜀文化发掘得再多一些。“等有时间了，我一定好好写出来。”赵明曾这样说。

在我的印象中，路过全蜀艺文史书局的次数虽然不少，但淘到的书却极其有限，大概是因书价贵的缘故。偶然一次，看到书店门口堆着一些杂七杂八的书，只要两元一册，于是在书堆里翻翻捡捡，意外地看到一册吴鸿的《怪斋杂记》，顺手买下。有次约吴鸿见面，还特意请他在这本旧书上签名留念。

也许是因为没有更多精力打理书店的缘故，全蜀艺文史书局一直不温不火。前段时间路过武成大街的时候，特意走过去看看书店的情况，虽然书店招牌还在，却是大门紧闭，门楣上蒙了灰尘，不知几时已经关门歇业。如此场景，让人叹息。

不过，巴蜀文化类的书籍，在毛边书局·桃蹊书院有数万册之多，数量不亚于全蜀艺文史书局，也算是成都书店的文化传承吧。

# 最普通的新旧书店

跟新旧书店的老板何静认识也有五六年了。他一直在做旧书店这个行当，最早他把旧书店开在成都锦江区的莲桂南路上，当然现在还在这里。有一段时间，他在四川师范大学北大门也开了家店，大约两三年就关门了。在他的影响下，也有亲戚朋友涉足旧书店行业，但做得没有他这样红火。

几年前，就曾听做旧书店的人说，何静开旧书店很厉害，“一年买套房或买台车都不是问题”。他依然在做旧书，但没看见他买车，每次在送仙桥旧书市场遇到他，都是骑着电动车，天性朴素。

之所以爱去逛新旧书店，是因为我曾住在锦江区海椒市街的钢五区，距离书店很近，加之它的旁边就是菜市场，时常去光顾。但要说书店有多少精品书，还真说不上，何静以草根的精神做书店，就是做给大众的。

几乎从早到晚，新旧书店里都有人挑书、看书。何静因为要经常去外面收书，书店就交给家人打理。去的次数多了，也就成了熟人，每次买书，多多少少，都会打个折什么的，极富有人情味。也正因这样，每次去书店，总不会空手而归。有一次买了一口袋的《文史知识》，大概有上百册，不过 80 块钱就拿下了。像川剧的资料，有关四川文史类的书，也都买了不少，只要书的品相不差，我都不会轻易放弃的。

自从 2010 年搬家到西三环路，距离新旧书店远了，光顾的次数也就少了，但每年差不多都会去个一两回。在送仙桥的旧书市场遇见何静，总会问问其现在的状况，聊一聊书。

何静对书说不上有多深的研究，所以，有些书的价格高低他并不太清楚，偶尔也会在孔夫子旧书网上查查价格。比如之前有一次，我在新旧书店买了册《傅山的交往和应酬》，5 块钱，之后我在亚马逊网站看到几册，标价最低都要 50 元。像这样的个案也

不算少数，因为价格相宜，来买旧书的人就多。我已记不得在新旧书店买了多少书，估计也有三五百册吧。

四川师范大学的龚明德教授曾在《成都实体书店之我见》里这样写道："店主何静夫妇都爱读书，他们跟成都有点儿岁数的前辈读书人关系都很融洽，所以他们书店的书源特别丰富，经常是一些著名读书人打电话跟他们说'又有一批用过的书要处理'，于是何老板就骑着电瓶车飞速去收购。我在这家店铺，经常买到我用得上的有价值的书。"可见其魅力还是不小的。

也许正因为这里时常有"捡漏"的机会，不少爱书人爱到这里闲逛，蒋蓝、雷位卫有时也会来这里淘宝。

有一次，我在逛豆瓣网的时候，看到新旧书店小组，是 2010 年 9 月建立的，却不见小组有话题讨论或相关信息，也许只是一时兴起罢了。作为旧书店最普通的店家，或许正是靠各种各样的

书友，才有了书店的长期存在。其实，这也能给新旧书店以启示：书店带给读者的到底是什么呢？

每次去送仙桥淘书几乎都会遇到何静，也听说过他贩书的经历，颇有故事。我想起多年前，他在一家出版社收书，大多为社科文史出版物，据说是编辑留存的样书，要价一万元，当时他觉得书价太高，不得不忍痛作罢。

新旧书店现在依然是沿着自己的路走下去。有段时间，听说计划要进社区开店，终究没有进一步的行动。想来，也许是这种“自在”的状态更让何静舒心一些，与社区或街道合作开店总会有新的压力吧。

# 成都有家**聚知斋**

二手书店，并非是二手生活。

成都作为旧书店重镇，积聚着大量的旧书，这跟川西平原有着一代又一代的读书人有关。虽然时至今日，旧书市场一直在萎缩，但走进旧书店，总会有所收获，这样的生活才会有书店的生存空间。

成都武侯区蜀汉街十分安静，虽无文艺气息，却是与喧哗的武侯祠大街不一样的街巷。我偶尔也去蜀汉街溜达溜达，瞅见好几个有点文艺气息的院落，却不见旧书店的踪影。

后来，这条街终于开了家书店——聚知斋，大约是聚集知识的书斋吧。我知道这家书店，是在朋友圈或者其他什么地方，记不大清楚了。高升桥附近有成都购书中心，还有罗马假日广场的几家旧书店，而将书店开在蜀汉街，的确有些挑战。至少从商业角度上来说，并不是上佳选择。

第一次去聚知斋，有点荒唐。那是2016年的冬天，我站在蜀汉街上，来来回回走了几次，始终没看见旧书店的身影。求助警察，结果也没个准儿。后来，我只好求助彭文春兄，他的单位就在附近，想来多多少少知道一些书店的信息。果然，他告诉了我具体地址：出（武侯区政府）大门右转，沿着区政府的外墙走，到第二个门（区政府家属区）进小区左手边的茶楼，一问就知道。然后我找到了家属区大院，进去颇感空旷，但还是没寻见书店。再次电话联系才看到小区东侧的楼上写着“旧书吧”几个红色大字。

这里要说一说店主王忠明：1971年9月出生于四川绵阳，诗人、作家、编辑、记者、图书策划人及独立撰稿人。自1988年以来，已在各类报刊发表各种作品200余万字。著有诗集《浅丘地带》、小说集《城际列车》等，策划主编过《世纪绝恋》《死巷》《二十世纪经典歌曲回放》《终极体验》《行走丹巴美人谷》《傲视喧嚣》等10余部图书，还有百万字左右的日记和读书随笔。现居成都，为独立调查记者，服务于四川期刊传媒集团，曾是《南方都市报》《民主与法制时报》《记者观察》等多家媒体的特约记者和撰稿人。

聚知斋约有一两百平方米，书架林立，大多为常见旧书，亦有难觅之物。网上有篇文章这样介绍聚知斋：每到周末，聚知斋里就会汇聚很多阅读者，在这里就自己阅读的书籍发表各自的见解，讨论颇为激烈。

从新闻人到聚知斋主理人的角色转换中，王忠明转得还算游刃有余。从城市东南西北开始四处淘书，再回到书斋后将其整理、上架，统统亲力亲为。

书店里的书大多都是王忠明以前的藏书，还有从全国各地搜集的二手书。不大的旧书店里，藏书不少。店中央的书架上整齐地摆放着世界名著等大众图书，而地上却杂乱地堆放着各种杂志，架在窗上的书架则码放着各类专业书籍……

经营旧书店后，王忠明的生活过得更加简单："每天一杯茶、一本书，约上三五好友一起聚聚。人生就要归于宁静，回归内心。"让生活简单起来，这便是王忠明现在的人生态度。

临别，忠明送我一册诗集《浅丘之上》，序言是诗人印子君所写，也许以往有些许交集也未可知，搜索记忆却是一无所得。

读着诗集，就好像走进成都的旧时光。

在送仙桥或者玛塞城的早市上，时常能遇见王忠明淘书的身影。做旧书这一行不仅要会选书，还要勤淘书。多在书市里浸泡，总能发现有价值的书册。从王忠明这里，我似乎也看到了书人的特别之处。

2020年的下半年，聚知斋与四川省法治与社会治理研究会在清水河公园联手打造"法马书院"，立志成为四川法律人的"知识加油站"，为营造书香成都、加强四川法治文化建设添砖加瓦。

法马书院是四川省首家法治书院，成立后集读书、休闲、文化沙龙、线上线下销售为一体，致力于法治文化的交流、普及与解读，打造全省规模最大的法治类书院。这样的合作模式，给旧书店的生存提供了更多的可能性。

# 逛书海拾林书屋

成都玉林小区的书店，以前很红火，前前后后存在过的书店有五六家吧。多年下来，不少新书店已经消失得无影无踪，倒是还有旧书店可以逛，颇令人有些意外。

旧书店，在这两年也呈式微之势。最近逛旧书店的机会不是很多，多半是因交通不便，来回折腾也得花一两个小时，这样的淘书，倘若淘得少了的话，才真是不划算的事情。

前段时间，好友心岱推荐说，在玉林小区有家旧书店，在她的微博里曾记录逛这家书店的旧事。

记得早在2010年的春天，向雪刚同学也去逛过这家旧书店，我却一直未曾去过。昨天刚好在玉林东路的芙蓉坪茶馆喝茶，顺便去了玉林东街，寻访这家期待中的旧书店。当然也没有太多的期待，不过随意逛逛而已。

从玉林街步行到玉林东街，起初还以为是在玉林东街社区附

近，又查看了一下，直接按路名索引。

书海拾林书屋　并非在玉林东街上，门牌号显示的是玉林一巷 20 号附 9 号。

倘若不是专门造访，我想多半没有人会留意这家小书店，虽然小书店已经开了好几年。有书友曾在网上写道：书价标在书上，以店主标在书上的价格合计超过 20 元再打 8 折，价钱比较公道，可砍价。文史方面的资料以及菜谱等，都还不错。在这里，我曾买过 1985 年馆藏《佛经故事选》和卿希泰的

《中国道教思想史纲》。

进书店，先看看右手边的书架，好书不是很多（有时好书也会在孔网上贩卖）。我去的时候，店里只有我一个人闲逛，店员听着音乐没有理我，感觉好像是街边卖特价的杂货店，大有路过不要错过的意思。

大致浏览了一下，转向左手边，除了言情小说、网络小说、武侠小说之外，真是没有可看的。只好再转向右手边仔细探查一翻，依然所得不多。或许说，对一个经常淘书的人来说，能遇见眼前一亮的书，也是难得的场景了。

在书架的最下面，码着一摞书，堆得老高，因为店面太小，书也就不能放得太舒展。想必有可观的书，于是蹲下身翻找起来，依然没有太多的收获。快要放弃的时候，翻到了一册精装本，是郭文友老师的《千秋饮痕：郁达夫年谱长编》（四川人民出版社，1996 年 10 月出版），资料性很强，拿下。过了段时间，作家蒋蓝约几位朋友在家里聚会，意外地遇见郭老师，还聊起这本书，真是有些意外。

结账付款之后，又在书店门口随意拍几张照片，就算打卡吧。

另外，在玉林东路 12 号附 6 号，还有一家小书店叫三木书屋，经常路过，却没买过什么东西，除了杂志、饮品以及音乐碟片，并没有太多的书可观。这样的书店去过一次，就不会再逛了。

倒是书海拾林书屋，后来又逛过几次，各有斩获。有一次淘书的时候，店主老邓还给了优惠书价。最近一段时间，去逛这家店的次数越来越少了。因为平时难得去玉林小区走一走，也或许跟玉林小区的书店没落有关吧。

一家小书店之所以让人时常有留恋之感，就在于它能给读者提供不一样的淘书氛围。在书海拾林书屋所体验到的正是如此。这家书店，如今恐怕也是玉林小区坚守的最后一家旧书店了。

偶然间，我在网上读到“快乐幺妹”在 2020 年写书海拾林书屋的一段文字：“这家书店土生土长了 35 年，从内而外散发着玉林气质，如果不是特别留意，很容易错过。可一旦你注意到它，进去停留一时半刻，感受过旧书独有的味道，你就会被它吸引，念念不忘。”

真是让人恍惚，这家旧书店真的开了这么久吗？

# 金盾路上的**晓晓书屋**

路过成都青羊区金盾路，见晓晓书屋还在开着，真是有些惊喜。这家旧书店开了差不多有 10 年时间了吧。

记得，成都市图书馆副馆长肖平曾在一篇文章里写过：金盾路还有一家晓晓书屋，专卖旧书。每次光临，总看见老板在窄如巷弄的店里一边喝酒一边茫然地注视着街景。我在那儿买过一本郁达夫《日记九种》，封面是褪色的烟黄，飘满江南的愁绪。

我去这家旧书店也是很多年前了，当时看见朋友心岱在博客上写道：去市立图书馆之后，就沿着金盾路走过去，意外地发现了这家旧书店，还意外地遇见了中意的书。与安然在金盾路淘得旧书三本，周密的《武林旧事》、汤显祖的《牡丹亭》、王伯祥选注的《史记选》，计 15 元。（2006 年 2 月 6 日）

后来，我按照这个线索在金盾路上寻觅了一番，没有找到。金盾路是 20 世纪 90 年代中期修建的街道，不长，东南起于上南大街和红照壁街交汇处，西北至文翁路与陕西街的交汇处。这条路上的商家并不太多。因为此街驻有省公安厅，取金色盾牌之意以命名。我查了查手头的《成都城区街名通览》，并不见此街的记录，而《成都街名指南》则有记录。

还是说回晓晓书屋。寻觅一回不见，再询问心岱，又落实了地址。原来是在国栋广场的旁边，一间小小的门面，现在贴了标示，很容易找到。以前什么指引都没有，怕是有不少爱书人没有寻觅到失落而归吧。

于是在某天兴冲冲地骑着自行车前去，不料书店关了门，却不见书店门口有任何告示，难免会让不少慕名而来的爱书人吃闭门羹。不由得猜想：这家书店的老板真是古怪啊。

只得换个时间再去，这次书店开着门，进去逛逛选选书。其实，许多书看似有用，但买到之后，不读就等于冷落了它，有人将此形象地比喻成“后宫的妃子”。印象中那一次只选了一两册书就走了出来。

晓晓书屋的老板，开门时间任性，因此贸然跑过去淘书就如买彩票一样需要运气。后来，又去过数次，跟同学唐文也去过一次，淘得的书并没有想象得多。再后来，去的次数就越来越少了。

不过，在豆瓣网上有个关于“晓晓书屋”的小说，作者阿枣：

> 我得跟你讲讲晓晓书屋的老板，跟我今天写信跟你说的事情有很大关系。从老板肚子的大小来看，他的岁数应该不小了，他的板寸像钉子，根部已经结出铁白铁白的锈粉。夏

天，他穿白色的确良汗衫在玻璃柜台后面的藤椅上打呼，柜台前用彩色水笔在便签纸上写各种怪话的男生们只要稍稍抬起头，就可以看到那把诸葛亮式的蒲扇从他的胸口滑到了肚皮上，然后掉下去，洗得半透明的汗衫透出贴心穿的纯棉背心。他们边看边笑边留言，带动着手臂下面的玻璃板也咯吱咯吱地叫。

印象中老板并非是如此模样。虽然这位作者居住在成都，然大致浏览了一下内容，似与此家书店无关。

上次我在成都的市中心闲逛，还是特意去了趟晓晓书屋，店面依旧。店主和一个男子正在聊天，看看靠墙的几架书，似乎已经很久没有更新了。看到两个人在聊天，怕打扰，略微看了看书，就撤了出来。如此逛书店的经历，还是少有的。这样想着，真是让人有恍惚之感。

值得一提的是晓晓书屋西北路口的过街天桥，2011 年曾被称为“成都最复杂的人行天桥”，是成都首座连续式人行天桥，连接上南大街、红照壁、金盾路三大主干道，光接地台阶就有 6 处，主桥长度为新建天桥之最。经过优化之后，这座天桥在成都市区里还是独一无二的。

# 西安南路的**淘宝书屋**

在成都西安南路与蜀都大道的路口有一个邮局，邮局旁边偶尔会有一家旧书摊出现，这已经是多年之前的事了。

大概十几年前，在西安南路开了一家席殊书屋。我也在那里买过一些书，更多的是希望得到席殊书屋办的《好书》杂志。后来，这家书店悄然消失，让人感到遗憾。

几年前，我路过西安南路的时候，意外地在39号看到一家淘宝书屋，门面不大，靠墙立着两排书架。书把房间堆得满满当当，在这里淘书更感局促。若是两个人淘书，需侧身而过。

老板陈长江做旧书已经有很多年了。平时书店由老人照看，他则到处收购旧书或书画杂件之类的。在成都的旧书行业中，像他这样的还有好几家，可见单纯做旧书已经不太容易。

我去淘宝书屋的次数比较多，有时候坐车从通惠门路过，或者去锦里西路吃茶，都会选择在这里下车，先去逛一下书店。这样逛的结果就是淘书的机会增加了许多。

虽然逛了多次，我却和老板陈长江没有打过多少交道，偶尔在送仙桥的旧书市场看到他在卖字画什么的，因为对这些没有研究，也就没有更多的关注（字画同样是地方文化史的一部分）。

这里距离成都中医药大学很近，因此时常能遇到和医学有关的读物，我对此也无研究，只是翻翻看看而已。倒是对一些关于地方文化的小册子颇为留意，也先后淘到过一些。

后来，淘宝书屋隔了一个铺面开了奶茶店，放了几排桌椅，可以闲坐，也有些书贩卖。如果在旁边淘书有些倦了，可在此稍做休息后再接着淘书。我在这里淘书的次数不少。

有一次，我还遇到一些成都文化名人的签名本。那些书并不是我所喜爱的，故只是拍个书封和签名页作罢。要知道，如今的签名本品种、数量越来越多，收藏一些喜欢的版本就好了。再多的书，都是人生中的“过客”，留下喜爱的书才是正道理。

2020 年 10 月的一天晚上，与包头的冯传友、傅天斌在锦里西路餐叙，然后去逛琴台路。传友兄住的旅馆不远，我们打算一路散步过去，路上想起淘宝书屋来，看了看时间已经是晚上 9 点多了。怕书店已经关门，赶紧在微信上联系，请传友兄在成都再过一把淘书瘾。

等我们赶到淘宝书屋的时候，书店就要关门了。好在事先打过招呼，这才有了得以淘书的机会。来过书店数次，和老板娘甘老师也比较熟悉。传友兄看中一套《汉语大词典》，七卷本，起初要价 400 元，传友兄还价，最后谈到 350 元，还包邮。甘老师

觉得有点亏，天斌和我赶紧一起说和：“冯老师是从包头赶来的，‘全国十大读书人物’，全国‘书香之家’，他淘到的好书都要写文章，这样书店的美名就传扬开了。”甘老师想不到来小书店淘书的还有这样的人物，非常感动，就差要合影留念了。

天斌和我又看到一些地方文化的书册，顺便一一拿下。看似匆忙的淘书之旅，却是充满了乐趣。事后，传友兄还在朋友圈晒了这一次的淘书收获。

当然，我有空就去淘宝书屋看一看。有一次，我在淘宝书屋买了一册《李家钰将军传》，见有“李克熙”的签名，当时颇不以为然。经甘老师提醒，又上网查询，原来是李家钰先生哲嗣。后来，当我路过成都青年区文庙前街 92 号的李家钰故居时，看到那栋建筑还在，想一想书里的故事，令人唏嘘。如今，来这里来走访的人似乎也是不多的。

淘到这样的地方资料的好处是，有机会在成都的老旧街巷里走一走，再次感受文字记录的魅力。

# 厂北路的旧书店群

早年间，我常常去成都厂北路口的旧书店淘书。

去旧书店之前，我向康君兄打听旧书店的近况，据说现在有好几家还在。于是，下午带着女儿、儿子出发去厂北路，开始淘书之旅。

现在只有五家旧书店了，境况已是大不如前。

第一家书店除了卖旧书，也在卖电器零件。老板听着音乐，很是逍遥自在。大致浏览了一下，还是少有中意的书，而且音乐声有点吵，没敢多逗留。

隔了几个门脸，是另一家旧书店，依稀记得上次来的时候，是一位中年男子在看店。现在守店的是一个年轻人，一直在低头玩手机游戏，至于有什么人来看书，好似与他无关，这样的隔膜，大约是与书关系疏远的缘故吧。

这家旧书店显得更为凌乱，书架之上，已是满满当当的，靠近书架，地板上也堆着一摞摞的书。旧书量大，就有可能淘到满意的书。看到一册《成都通览》（下），想想现在手里有几种《成都通览》，拿起又放下，连配书的心情似乎也少了些许。又看到一册《少城文史资料（第九辑）》，翻下目录，似手头缺失的书册，取下。再翻到一册卢国纪的《我的父亲卢作孚》，可惜，早几年在旧书店遇到过一册《卢作孚书信集》，后又随手卖掉，很是遗憾。

20 世纪 80 年代的书，我买过不少散文、随笔和小说，只要品相不错的就随即下手。刚好翻到一册冯骥才的《意大利小提琴》，短篇小说集，10 篇，封面设计是著名画家华克齐。上次在天津全国读书年会上，有消息说冯骥才先生可能莅临，于是不少人背着书等签名，却未遇上冯先生。又翻到一册孙犁的《荷花淀》，人民文学出版社的“文学小丛书”之一，薄薄的册子。

转眼看见一册袁庭栋老师的《张献忠传论》，在旧书店曾遇到过多次，都因品相不佳放弃了。这一册亦是如此，也许是前几年偶遇过的那一册书也未可知。

在书架的里面，被木条挡着有几册书，探了探身翻了出来，是《作家的童年》，这是新蕾出版社推出的系列丛书，收录的文章是新时期作家的童年故事。我翻开的是第 11 册，封面清新，是擅长书籍装帧和插图的何礼蔚设计。再翻开一看，居然有作家高缨的签名，这本《心灵的母亲》为高缨自传。这大约是一册漏网之鱼，不过书脊破损得有些严重。

第三家旧书店，站在门口，一眼望去，书架上的书一览无余。上次来淘到几册刊物的创刊号，这次就没那么幸运了。

再接着逛第四家旧书店，在地上堆着的旧书里，发现一册《中国民间文学集成四川卷：成都东城区卷》，再看看书，并无可取之处。对 20 世纪 80 年代的《龙门阵》颇有收藏兴趣，那时还类似文史杂志，不像今天的文艺杂志。又淘了四册杂志，回到家闲翻 1989 年 6 月的《龙门阵》，“对联丛话”栏里有《冯玉祥的对联三副》，署名为卢礼阳，是《温州读书报》的卢礼阳兄吗？

依稀记得，这里曾有一家旧书店，经常把旧书分门别类地码放，不知何时这家书店已经不见了。

第五家旧书店，以往去还是能淘到几册书的。但环顾一周，似乎好久没有进货了。又大致浏览一下，并无感兴趣的书，只好撤离。

成都的旧书店，如今还是跟大环境有关吧，好书实在难得一遇了，不禁让人感叹：以往在旧书店总能遇到喜欢的书，现在已经找不到感觉了，因此去逛一逛的兴趣也就少了许多。

# 逸读书坊及其他

2020年的秋天，偶然在玛塞城逛旧书摊，遇到了成代全，想不到他也在这里开店，书店名叫“逸读书坊”。见到他，我聊起多年前去四川师范大学北大门寻访他的“川师北门古旧书店”，一直没有找到，也就失去了游逛的机会。

10多年前，他在成都厂北路与建设北路交叉路口开书店，当时那里还是一片有些破旧的老房区。那时，我住在海椒市街的钢五区，每逢周末都骑着自行车来这里淘书，至于旁边那几家旧书店却极少光顾。每次去总能淘到一些既有意思价格又不高的书。有时，买的书多，价格就更低一点儿。这种薄利多销的做法，在旧书店行业里似乎越来越少了。

印象中，那时的书店还没有名字，守店的是他的父亲。逛了大半年后，说这里要拆迁，书店搬到了川师大北门。我当时还详细问了地址（那时还没有微信），想着有朝一日可以再去淘淹书。想不到的是，一次特意按图索骥，却没有找到书店，只留下一个念想了。

这次的重逢，自然有许多惊喜。在玛塞城旦，他租的店面和缥缃书局正对着。每次到玛塞城逛旧书摊，肯定少不了来他家逛逛，顺便也淘了不少书。相对而言，在他这里买书，价格会比别的地方低一点儿，更为要紧的是会遇到喜欢的书册。

我记得在逸读书坊买过很多文史资料，还有一些自印本。

比如李德惠口述、陈传芳整理的《母亲的自述》，记录的是新都区新东村刘家大院一位老太太的故事。内容提要是这样的：本书是一位历经晚清、民国、新中国三代生活在社会底层的劳动妇女的口述材料。通过自述数十年的劳苦生活，反映了川西破水碾（今高架村）一个小县在旧社会的众生相，歌颂了劳动人民的勤劳、正直、坚强、乐观的品质，尤其倾诉了平民百姓家普通妇女的喜怒哀乐。

又如《东区红光映象》，作者杨春燕，做过好几家报纸的摄影记者，还曾任《红光报》编委。我曾看过资料介绍，当年不少东郊企业大多办有厂报，且不少当事人都在，因此从厂报入手来观察东郊记忆，也是很特别的事。刚好与现在要做的“东郊工业文明口述史”有些关联，可以借鉴。

再如《四川省成都市中和中学（1931—2011）》。早些年，中和场属于郊区，我去过一两次，发现中和场原为华阳县府河航运码头，自然是有独特故事的。抗日战争时期的金陵女子大学还在这里做过社会调查，与中和场有关的书我藏有数种，中和中学的历史不太清楚，淘到这样一册书可充实对中和的了解。像这样的资料印量肯定不多，必须要收下的。如此淘书，也不过是图个“实用价值”吧。

成代全待人热情，在旧书市场里做得风生水起。前段时间，我逛旧书摊的时候，发现他已经有了三家摊位，像他这样的在这个市场还真不多见。其实，旧书市场上的书摊时常会发生变化，有的书摊经营了许多年，还能持续做下去，也有很多书摊“昙花一现”。

每次到逸读书坊，虽然只是淘书，却能感受到这里的书香氛围。他无须守在店里，如果有人在这里选了书，自然会找他结账。因为在旧书市场上摆了三个摊位，他并不固守在某一个摊位，而是在三个书摊间走来走去。

作为爱书人，之所以爱逛旧书店，是因为能够寻找到息息相通的缘分。逛逸读书坊，大致也是如此。

## 到旧书店里歇歇脚

每次游逛都江堰，少不得在老街巷里随意走走，只为了邂逅不一样的风景。相对于繁华的商业街，倒是老街巷更有意思一些。

这次从公园路口转上小街，再沿着江安河前行，即抵达三江路，在河的右侧是一处露天茶铺，冬天的阳光刚刚好，不妨择个地方，坐下喝茶聊聊天。在河的左侧就是江东街。

江东街窄窄小小的，一面临江安河，店面林立，有几个老板坐在店门口晒着太阳。意外的是在这条小街上发现两家小书店，而且都是旧书店，均无店名。

第一家卖的书多且杂，有一些看上去像是盗版书，有几册画册看上去品相还不错，又觉得厚且重，舍弃了。还有一些流行读物摆在店外，我却没有兴趣翻看。在书店里外寻觅一番，居然一无所得，这可真有些意外（平时逛书店多少也会收获几册书）。

接着继续逛另一家，这是都江堰作家、学者林赶秋开的书店，店面不大，选书的品质却很高。一辆三轮车上，堆满了各种各样的书，比如叶灵凤的《读书随笔》、杜渐的《书海夜航》，以及关于都江堰的历史志书，还有其他社科人文书，真是琳琅满目。

后来我又去逛过几次旧书店，印象中并没有选什么书。因为担心林赶秋不肯收书款，倘若如此，倒是不如不买，观书就够了。

林赶秋开书店、写文章，早就闻名网络，有不少外地朋友到了都江堰，可以不去逛景区，但一定得先去拜访他的书店，聊聊天，喝喝茶，就已满足。虽然现在不少人都在哀叹书店的好日子一去不复返，但林赶秋开书店自有乐趣，闲暇之时，看看书、写写文章。这一份平和的心态，我猜是都江堰的山水孕育出来的。

我跟朋友在书店里东看西看，有两位美女拿着书询问内容，林赶秋耐心地讲解书的内容、插图如何，听上去专业得不得了。两位美女各自买了一些书。其中一位美女拿着相机，在书店里不停地拍照，一不小心，我们就成了镜头里的风景。之后，还看到她在这条街上拿着相机拍来拍去，也许喜欢的就是这样一种宁静的氛围吧。旧书店，也许可以成为都江堰的一道风景。

我想起前不久在湖南株洲逛湘江边的旧书摊，10多家书摊一一排开，让人欣喜若狂。这条江东街虽然只有两家旧书店，却也显示了都江堰的文化品位，在景区闲逛之余，到书店里歇歇脚，享受一下阅读的氛围，也是这个旅游城市的难得一景。

如今，林赶秋的旧书店早已歇业，江东街也已经拆迁，那些旧影已寻不见了。他的生活回归到写作当中，但这样一段经历，或许对林赶秋来说是独特而有意味的吧。

江东街上的一家旧书店后来在孔夫子旧书网上开店，我曾淘过几册乡土志。这样说来，去都江堰想逛一逛旧书店，已是不大可能了，只能在梦里依稀追寻旧影了。

# 在温江，邂逅**沐雨斋**

## 一

趁着参加中国诗歌万里行活动，约了《鱼凫诗刊》的主编杜荣辉一起淘书。之前，他邀我到温江淘书，中午一起喝小酒，下午一起吃吃茶，然大半年过去了，尚未到温江开启淘书之旅。

沐雨斋在海峡新城的西门边，我们下午四点许奔往书店，不见店主。原来是旧书店无法维持基本生活，老板张维明只好又外出打工。可见时下旧书业的艰难，虽然不少旧书店在孔夫子旧书网上开有网店，但经营似乎并不太理想。

沐雨斋里，大约有三四个书架并排抵着后墙，除了靠墙的单面书架陈列书之外，中间还摆了两个书架，两面都摆上了书。林林总总的书码在书架上，只大致分了下类别。于是，匆匆浏览一下，新书一律略过，只寻旧书。

先是寻见一册《川北民歌》，民歌类的书我时常阅读，因与民俗风情多有关联。接着发现一册《温江全席》，想起赵仁春老师写的《明芳居志》，也可多少了解温江的美食。继而觅见《成都个体工商户小吃荟萃》，旧时的餐饮店风貌依稀可见，但在今天却已是消逝的风景。

虽然现在有一些写杜甫草堂的书册，感觉还有发挥的余地，与此相关的书不妨一观，于是就发现了《杜甫草堂史话》。20世纪八九十年代曾流行过一段时间的“史话”，遇到就买，那时出版的书干货多，读来印象颇好。

孙犁先生的书最近几年炒得很热，以至于旧书摊偶遇一册，都会遭到疯抢，如果逛书摊时能淘到他的书，几乎是奢想。一年遇到一两册算幸运了。看过一架旧书，不忍心就这样走掉。再仔细翻阅，蓦然发现了一册《秀露集》，百花文艺出版社，且是初版本！

最后，巡游书架间，看见一册《名城成都的保护与发展》，是成都城市科学研究会主编的。1987年该研究会搞了次研讨会，于是就有了这册文集。城市史其实很有意思，只是多数时候除非做成课题，否则这类的书难以出版。也许以后可以尝试写一册《成都城市史》（此前出版过一册，读过之后发现还有书写的空间）。

淘书的间歇，朋友约着吃饭，看看时间临近，不敢耽搁。与荣辉兄匆匆告别书店。短短几十分钟的时间，只能这样粗略淘书了。有所得即好，其他的旧书店只好下次再去逛了。

## 二

到温江，如若不去逛旧书店，真是白来一趟，虽然我只知道沐雨斋和一是斋这两家旧书店。上午和何定镛老师在温江公园喝茶闲话，至 12 点才结束，午餐后，即坐车到南熏大道三段的沐雨斋。这家旧书店我之前写过一篇文章，那次是和杜荣辉一起去的，淘到的书不多。

这次到沐雨斋，只见书架上的书更多了。最顶层是摞着放的书，书脊看不到，自然不知书的内容为何，也就不奢望登顶查看了。我粗粗估算了一下，书店里的藏书两三万册还是有的吧。

在旧书店淘书，看似过瘾，找书却是麻烦事。

先看见一册《四川省温江地区温江县地名录》（内部资料，1983 年 1 月编印），刚好行脚成都要做各地的文化，此前我也在旧书摊买过多册地名录，这样的资料是必备的，不妨取下。

然后遇见一册《自贡灯会志》，翻了翻，先放一边，待会儿再定夺。

地方志，最近几年出版的一概不看，感觉太水了。若是 10 年前的地方志，不妨一观。翻到一册陈柏青主编的《崇州商贸志》（方志出版社，2002 年 10 月第 1 版），崇州爱编地方志，也许是从《华阳国志》继承下来的传统吧。这类志书，虽然小众，但作为资料却是很有价值的。大致浏览了一下目录，有一些感兴趣的话题，可对崇州的历代商贸有一些了解，收下。

翻旧书时，还是忍不住看了看书架的顶层，就这样，又遇见了《双流县教育志》，在一摞书的最下面，店家踩在凳子上才得以取下。此册由双流县教委编，1990 年出版，精装本。傅厚蓉老师在双流做地方志，这样的书应该常见。遇到还是不忍错过，这样的心情是爱书人所特有的。

继而在一堆书里又翻出一册《成都旅游资源录》（内部资料），缺封面封底，是成都市农业区划委员会办公室在 1987 年 5 月编印的。书里记录的一些资料的确是很难得的。比如，当时有通宵车 401、402，既有车站名称，也有里程数，大致可知当时的交通情况。有些车站名，大概只有老成都人才晓得了，像双桥旅馆、沙河影院、诸葛庙，等等。再看一些公交车线路，也是有许多变化的，这是研究交通史的有趣资料。

有的旧书看似价值不大，换个角度再看，又有点意思。成都市第二商业局曾在 1984 年编印过一册《成都副食集锦》，分菜、肉、酒、鱼、糖果、糕点、粮酿调味品等 7 大类。书里记录的一些企业的地址，可知商业的变化。虽然内容简略，但不失为一种资料集合。比如，位于牛王庙巷 35 号的成都酒厂还曾出产过“浣花牌”啤酒，喝过这个牌子的人，一下子就暴露了年龄。成都当年还有薛涛香干厂，可惜早就不见了。这样的册子是很有历史年代感的。

在沐雨斋的周围还有几家旧书店，不过是以教辅为主的书店，不看也罢。逛了一个多小时，再看外面似乎要下雨的样子，于是，结算书款匆匆离去。在我交钱的时候，只见一个男子走进来，随意地看了看书，一册书都没有选，就匆忙离开了。

在路上，顺便查找一是斋书店的地址，可惜一无所获。有意思的是，在回成都的路上，我查到温江公园旁边有一家尼采书店，不知这是家怎样的书店，只待以后有机会再来了。

# 簇桥的哼哼哈哈书店

成都有特色的旧书店不少，在簇桥的望锦横街就有一家很有意思的旧书店——哼哼哈哈旧书店。如果不是黄老师带我们来此逛，还真不容易找到这家书店。

对一家旧书店的感觉好与不好，主要取决于其图书品种是否丰富，店主的爱书程度，以及逛旧书店时会有怎样的偶遇。

熟悉孔夫子旧书网的朋友，可能知道成都的旧书业态，竞争非常激烈，旧书店要想好好存活下来，相当不容易。尤其是在2020年疫情发生之后，让许多人远离了书本——毕竟买书不是刚需。

星期日一大早，我去逛送仙桥旧书摊。偶遇到黄老师也来逛书摊，随即约着老杨一起跟黄老师去簇桥走一走，看看那里的特色书店。

早些年，我写武侯区的书店，却忽略了哼哼哈哈书店，这次去刚好可以弥补这个不足（武侯的一些旧书店，有一些只是网店，我还未曾去游逛过）。

哼哼哈哈书店面积不算特别大，门口并没有书店的标识，却贴着毛边书局、林文书店、霸王龙书店的二维码。

走进书店，一眼就看见靠着墙壁的顶天立地的大书架。图书品种很多，且有清晰的分类。闲聊了几句之后，就一头扎入书海当中。不一会儿就挑选了几种满意的书，还看到成都一些知名作家的签名本。这样的书，在旧书店真是难得一遇。

这时，黄老师泡好了茶，是红茶。我想起自己写过的“在书店吃茶”系列，这一次也算是了。

挑了一阵子书，然后坐下来吃茶，聊天。话题自然离不开书。

如今旧书店经营不易，尤其是近两年，图书收购价格涨了不少，这也是导致旧书价格攀升的原因之一。但与新书的定价相比，还不算高得离谱。

黄老师做书也做了好多年。在他的眼里，不管是新书还是旧书，都是需要流通起来的。

“好书到爱书人手里，才更能体现图书的价值。”他这样说。有时候，遇见好书他也会和朋友分享。这正是今天所倡导的“书式生活”。

如今，在成都主城区做实体书店，面临的压力极多，房租就是占比最大的一块。所以，不少旧书店只好选择在成都三环路外开店，降低一些成本。

疫情之后，成都对一些实体书店发放了补贴。旧书店是不是也能享受到呢？

“现在旧书店还没有享受到这样的政策。”黄老师说，“包括发放的消费券，也不能在旧书店使用。”

“成都打造中国书店第一城，其实可以设置一个街区，像日本的神保町那样，专门贩卖旧书，并对旧书店予以扶持。”我想，应该是这样。

前一阵子，曾跟书友讨论，既然允许地摊存在，那就应该给予旧书摊更多的扶持。在湖南株洲，当地政府打造的“湘江边的旧书摊”，已经成为湖南著名的阅读品牌。成都提倡书香文化，更应该做出示范。

吃过两道茶，继续淘书。

淘了大半个小时，又选了一二十种书，真是收获满满。临走的时候，和黄老师约着下次再来逛旧书店。

后来，我又去逛过几次哼哼哈哈书店，均有收获。听说黄老师在黄甲街道还有一家书库，一直没有机会走进去看一看，不知道那里究竟还藏着怎样的宝贝。

# 简阳有家**思宋斋**古旧书店

成都的旧书店大多集中在市区，周围的区县有多少旧书店还真是未知数。孔夫子旧书网上虽然显示周围区县有不少旧书店，但若不是有机缘去走访，还是难以一睹书店真容。

去简阳之前，在孔网上查简阳旧书店，显示只有两家，一家是思宋斋古旧书店，另一家是卖古玩字画类的书店。看了看网上书店的书目，思宋斋更对胃口一些。

刚抵达简阳的城东客站，就给店主傅建柯打电话，然后按指点坐 9 路公交车过去，一路尽览街头风景。在花园街下车后，刚好中午，书店下午才开门，正好在花园街闲逛一下。此街无花园的景象，倒是沿街有一排便民菜市。再前行数十米，即见思宋斋的店招。

思宋斋书店左右有三家铺面，左一右二均为周记回锅肉，想来这回锅肉当是此街一绝吧。边逛边等店主傅建柯过来。大约一

点半，傅建柯的父亲来了。进入书店，看见码放得密密麻麻的图书，着实壮观。书架前巡游，先看图书大致分类，我现在淘书以地方文化为主，故而寻书极其受限，幸得书数册。

傅老板说，楼上还有旧书。原来书店里面还有一条窄窄的楼梯通往楼上。傅老板提醒说：“小心，别碰着头。”楼上是隔出来的空间，大致浏览一番，却没有多少中意的书。因楼下即餐馆，故而书架显得有些油腻，长此以往，这些书可就毁了。我在简阳作家微信群发书店信息，应者寥寥，想来当地作家对此店亦陌生。

此店文学书颇多，简阳历史上文风鼎盛，如今却因地方发表平台不多，故而当地作家要“走出去”，寻找生存空间。只是，旧书店里难以寻到当地作家的签名本，真是遗憾。

书店里只有店主和我两个人。于是，下得楼来和店主聊聊天。

“书店为啥取名思宋斋？”

“也没有特别的意思，儿子取的店名。”

“书店开了有多久？”

“有十二三年了，以前在另外一个地方。”他指向左前方，应

该是距此不远的吧。

“书店现在进货还去成都吗？”

“好多年不去了。以前也去成都进货的，现在大多是简阳的货源。”

“书店只有下午才开门吗？”

“是这样的。因为人手有限，靠卖旧书不易生存。简阳的旧书店只有我们一家了。”

“傅建柯除了书店，还做别的营生吗？”

“也做装饰建材。”此前我加过傅建柯的微信，好像是某某建材的头像。

“来买书的人多吗？”

“来店里的不多了，有不少人从网上买书。”此时，我留意到，在书店一个多小时的时间里，只有一位戴帽子的老先生来此翻了翻书。

聊了一会儿，准备结账，微信支付。

旁边店铺的饭馆老板很奇怪：“你买啥子书？居然那么多钱？”我说，买几本喜欢的书而已。可能有点奇怪，也许在简阳，甚少有这样的买书“豪举”。

如果傅建柯在，就可以多聊一些有关书店的话题。可惜的是他没能赶回来。几次电话联系均在忙碌中，也许是在忙着他的建材生意吧。

再说说在思宋斋古旧书店所淘的几本书吧。

《简阳中学九十周年校庆纪念册》（1899—1989），简阳中学校庆筹委会编，1989 年 9 月出版。简阳中学，最早名为通材书院，吴之英任第一任山长，原校址在状元街（今简阳西街）。1905 年改为简州预备中学堂。民国二年（1913），更名为简阳县立初级中学。建校 90 年共培养学生两万余人。此书收录教职员工、校友录及部分校友通讯录等资料。

《谷醒华先生纪念文集》，张友渔题签书名。内部资料，1990 年 9 月出版。谷先生曾就读成都优级师范学校（成都高等师范学校前身），后曾担任成才协进中学校长。书里记录了此段旧事。

《四川省内江市中等学校校名录》，内江市教育委员会编，内部资料，1991 年 2 月出版。简阳旧时属于内江辖区，故而此册也收录了简阳一些中学的资料。

《江油图书发行志》，四川省江油市新华书店编，内部资料，1991 年 3 月出版，此册列为江油县地方志丛书之三十二。江油图书发行，可以追溯到 1723 年外地书商在中坝贩卖启蒙读物、戏词唱本和历书年画等。1782 年后，登龙书院雇工雕版印刷“四书”“五经”供生员使用，且零售。1863 年，中坝开设聚文堂书铺（1949 年前后歇业）。1888 年，开办匡山书院，雕版印刷书籍 30 余种，发行川、陕、甘等地。翻阅此书，能大致了解当地文化的流传情况。

《家事·亲情·生平录》，吴世荣著，自印本，2012年12月出版。此册记录了吴氏家族在简阳的生活情况。书中资料有些久远，也不尽详细，大致可做家族史看。此册印刷质量不高，错别字也多。书里不乏修订补充的内容，想来是作者亲自动手完成的吧。吴氏居于蔡家坝，吴世荣出生于1932年，1959年于简阳师范结业，在石桥小学任教。其一生故事不少。

《四川省图书馆建馆八十周年纪念文集》（1912—1992），内部资料，1992年出版，收录题词、图片、纪念文章、人名录、职工著述、四川省图书馆纪事等资料，内容颇为翔实。

《四川省林业学校校志》（1953—1982），内部资料，未标注出版日期，是林业学校送给简阳县林业局的，时间为1983年9月16日。林业学校位于都江堰北门外灵岩山南麓，为全国重点中专。读此册校志，可知此校的变迁历史。

虽然到思宋斋只是一次匆匆的淘书之旅，却领略到了简阳旧书店的风采。

# 三道堰的**小镇雅集**

那天，朋友约着去成都郫都区聚会。因约在下午，就想着早点过去，如果有时间可以去逛一逛书店，更有意思。

在网上搜索了一下附近的书店，却没有发现有特色的。于是询问当地的文友有没有值得推荐的书店。文友说有一家旧书店，文史类的图书不少。赶紧追问地址在哪里，答案却出人意料，书店在三道堰，柏条河边。

三道堰古镇，我已去过好多次，却从来不知道这里有什么旧书店。后来想一想，只是自己没有发现而已，多数时间仅在堰桥附近走一走就离开了。一直没有深入到街巷中，自然没办法发现旧书店。于是，专门约上文友一起去三道堰寻访旧书店。

周末，从西华大道坐 715 路公交车过去，发现车里挤满了去三道堰游玩的老年人。抵达目的地后，直接去了柏条河边，顺便拍了拍河景，这里以前一直没有来过。

果不其然，一抬头就看到一间书店，名曰：小镇雅集。门脸不大，门口的桌子上摆满了书籍，靠墙立着几架书，大略有个分类，整洁、有序。

有一位读者在“美篇”中说：“冯老师经营的小镇雅集书斋及河边茶，吸引了镇上的五老七贤，文人墨客们常来喝茶聊天。”此处所说的“五老七贤”是对当地文化人的敬称。凑巧的是，我到书店的时候，遇见了出生于三道堰的文化老人孙宗烈，前不久在郫都参加活动时初见过，他的几本书我也有收藏。在书店里刚好看到孙老的又一作品《码头：三道堰佚史》，随即请其签名留念。

小镇雅集的面积虽然不是很大，但图书品质并不低。冯天铭老师经营这家书店已有六年。这些图书大多不是收购来的，而是冯老师自己的藏书，因子女对藏书兴趣不大，故开了这家书店。

冯老师爱书 30 余年，没少去成都的旧书市场淘书，这里的大多数藏书都是他从旧书店或旧书摊上淘来的。说起“淘书经”，冯老师感慨万千，年轻的时候到仁寿县当知青，后来回城当工人，爱书却因手头的余钱不多，时常与好书失之交臂。“如果当初有更多的钱，我的藏书还要更丰富一些。”

书店在临近柏条河边摆了四张桌子和几把椅子，可以吃茶，室内还摆有麻将桌，将整个书店的空间综合利用了起来。

聊了一会儿天，我开始选书。我喜爱的地方文化类的图书，这里有许多。由于近些年只关注大成都范围的资料，虽然有所局限，但收获还是颇丰的。

在这里，我发现了好几种手头缺失的图书。比如《贾家区志》《青白江教育志》《新都县太兴乡志》《成都市东城区龙王庙正街小学校志》等书，都很有特色。

跟冯老师聊天，也多少知道些他的书故事。曾经有家旧书店想一次性把冯老师的书全部买下来，但他更愿意通过书店这个载体与不同的爱书人交流。这样的书故事很有趣，更何况也让退休生活多了些滋味。

文友陈老师淘了一套《李劼人选集》。眼看着临近中午，就在旁边的“苗苗鱼”吃午饭。吃完午饭又回到书店，坐在柏条河边吃茶聊天，倒也是一种快意。

直到傍晚降临，大家才尽兴而散。

后来，我又单独去过一回小镇雅集。住在郫都区的首届全国“书香之家”的岳鹰听说我来淘书，也赶了过来。原来他和冯老师早已相熟。冯老师这次翻出来一些地方志的送审稿。这些送审稿很有价值，因为正式出版或审定后的图书对比原稿都有些删改，可能少了原稿的丰富性（也可能有错讹之处，需读者自己分辨）。我又选了一些《成都志通讯》，以及几册地方史料集。在选书的间歇，三个人坐在店里交流彼此的读书感受，这样的场景，很别致，也很难忘。

“像你们这样的年纪，选定了研究方向，再加上淘书，很容易出成果的。”冯老师说，“一旦年纪大了，精力有限，想做事情就没那么容易了。”

对我这个来自外省的人来说，成都值得研究的地方很多，而且最离不开这些基础资料。

此次和冯老师聊天的内容更丰富一些。我知道他的爱书故事是曲折的，经历得多磨砺得也多，能坚持到今天，已是很不容易。

在这个小镇雅集，相遇的不只是书籍，还有带着人情冷暖的书故事。

卷二

# 漫游记

# 我与布衣书局的书缘

数年之前，我还没怎么涉及旧书行业，就知道布衣书局和掌柜胡同，因为时不时从天南海北的书友那儿听到相关信息。

当时最火的两大旧书网站即是布衣书局和孔夫子旧书网，布衣书局更具文化气息，读书人多，高手如云，时不时有这样或那样的帖子探讨版本之类的专业问题，当时的我只有潜水的份儿。而孔网的“夫子书话”更像是旧书摊，内容更为芜杂一些，探讨的问题也比较浅显，我偶尔也参与讨论，但都不太积极。

若说与布衣书局的书缘，那是2012年9月5日黄裳先生去世后，布衣书局起意要编一本纪念集，向书友征集文稿，这当然是极好的事。我也投寄了一篇文字，这是我与布衣的第一次接触。因为种种原因，这本书直到2015年才得以出版，精装版，漂亮大气，收录了我的短文《阅读黄裳》。这部《黄裳纪念集》现在已经一册难求，可见魅力之大。

2016年5月，《积木成林：白逸如、谢竞藏书票作品集》由国家图书馆出版社出版，随后布衣书局上架。那时候，虽然喜欢藏书票，也和崔文川合作了一部《珠玉文心》，还是期望能多了解一下藏书票，看到这个消息，毫不犹豫地订了一册。这本书是白逸如和谢竞母女俩的藏书票合集，白逸如在序言里写道：30多年的时间里，她们已有两百枚藏书票问世，其特点是“题材广泛、色彩鲜艳，包含着大俗大雅的风味，是一个自己刻印、互相传递友谊的心灵窗口。我们的版式，绝大多数是传统的木板套色水印，工序繁多，连用纸也须加工染色托裱。那时优质的雕刻刀和木板来之不易，早期的书票也有少量是用胶合板、三合板雕刻刷印”。读后增长了不少藏书票的见识。

大约在2016年夏天，偶然看到布衣书局上有一本《菖蒲志稿》，微信朋友圈也有朋友在晒这本书。这是李默甫（辑）和许宏泉（绘）合作的一本书，印量很少。南方养菖蒲的人多，而在成都似不多见。文人雅士对菖蒲大多有着特殊的情感。不过，书价几何，现在已没有太多印象了。我之所以买这本书，大概想着以后可能做类似的工作，成都的市树、市花虽然确定了数十年，但相关的图书还是不多的。

之后，虽然时不时看到布衣书局贩卖毛边书，但我多数是旁观者，很少有下手的欲望，不是我不喜爱毛边书，而是采取随缘的态度，有就读一读，没有也就没有特别期待，反正不是毛边书收藏者。当然，我知道有一些“毛边党”，看见毛边书就会抢，一册毛边书刚刚上架，短短时间就被抢购一空。我们似乎又看到了书业的“繁荣”，但爱书人都知道，毛边书在今天依然是小众。

记得2018年，韦力先生来成都，我们在毛边书局的聚会时，还在一起聊如今的旧书业，以及布衣书局。在我的印象中，胡同兄在旧书行业是有主见的人，他时常向书友征询意见和建议，多半也是为了证明自己在书业中的判断是否准确吧。

2020年7月18日，布衣古书局在北京市东城区南阳胡同开业，胡同兄做了一套“布衣古书局开业纪念笺”，感觉有些意思，就订了一套（一个布袋和一叠信笺纸），信笺纸是木刻单色印刷，据说制作了一万张。

此后，我依然是布衣书局的旁观者。不过，胡同兄的“贩书日记”信息量大，且每天及时更新，现在又开始坚持每天直播售书，大概很少有像他这样勤奋的书店店主了。

# 在西昌，逛蒋二旧书店

对一个爱书人来说，到一个陌生城市，觉得最奇异的地方就是旧书店。倘若再有当地一二书友陪同淘书，不失为是一桩美事。

第一次到西昌，自然想着访问一下旧书店，在孔夫子旧书网上查看，居然无一家旧书店，再去网上检索，也只有几条几年前的旧书店信息。

很快，我想到了《藏书报》的老作者罗定金先生，但之前从未打过交道。于是，联系张维祥兄看看能不能找到罗先生的联系方式。还好，顺利地找到电话，我怕冒昧打扰，就先给罗先生发了一条短信。过了一阵，罗先生打来电话说正在医院输液，前不久因车祸受了伤。罗先生已年近八旬，现在甚少作文，在计划编辑个人文集。随后，他告诉我张家巷有家蒋二旧书店。

晚上，在邛海边散步时，和西昌藏书家、作家何万敏先生说起这家旧书店，他很惊奇，这家书店你也知道？我告诉他说是罗先生告知的，于是约着一起去逛一逛。

趁着午后时间，万敏先生载着我和诗人任宗顺、王蓉一起去逛。其实，像西昌这样的城市，旧书店数量不多，也未必期待有什么收获，但只有逛一下才知情况如何。逛旧书店，恰巧一个不经意的发现，才是淘书的乐趣。

从旅馆出来，穿过南红玛瑙城，我们对这些藏品兴趣不大，驱车直向蒋二旧书店。抵达文汇北路与张家巷的连接处，沿着巷子走进去十多米，即见旧书店。

店面足够小，只可放进一排书架，书的数量不多，门口倒是有一些书刊，扫了一眼，大多为寻常读物。宗顺和我进去选书，发现凉山地方文史资料不少，翻阅几册，有不少可读的内容，因不做凉山地方研究，也就略过。继续翻寻，看见一册《林如稷选集》，林如稷乃林文询的父亲，新文学作家、翻译家，曾任教四川大学。我此前虽留意其作品，但尚未购读，即取之。又见一册文学书，编辑署名瘦鬼，又是四川的出版物，想来是金牛区作协主席杨君伟（笔名瘦鬼）做的书吧。

宗顺虽年轻，却甚喜书，这书那书一一选了，最后居然选了一口袋书册，我却只是对感兴趣的翻一下，主要考虑对写作是否有用。后又选了一册《四川中药志》（第一册）。因为宗顺买了许多书，我的这两册书店家免费赠送。

我们还在选书，万敏先生悄声催促，因旁边还有一家旧书店。老板娘（也许不是蒋二）看宗顺喜欢书，连续推荐图书。我聊起罗先生和《藏书报》，却没有什么太多的反响。

至于书店为何冠名“蒋二”，也许是老板姓蒋排行老二吧。来去匆匆，我未及细问，也忘记了向万敏先生讨教一二。回到旅馆，我再次查阅这家书店的信息，所得并不多。

坐上车，大概两三百米远，在马路左侧还有一旧书店，店面与蒋二相似，多以言情、武侠小说之类为主，偶有地方志书，然兴趣不大，我仅选了一册《王远谟遗作选》。王远谟曾担任《西昌群众报》总编辑，一度被划为“右派”。后因一次腰伤，引发旧疾去世，年仅 42 岁。书乃其夫人张之蕙的签名。另有一册当地文化人自印的诗文集，多颂词，不取。这次又因宗顺买的书多而相送，可见西昌书人的本色。

在回旅馆的路上，万敏先生说，西昌还有一家旧书店，更应该逛一逛。但距离太远，此行只好作罢。

这次淘书之旅虽然匆匆，但能淘得三册书，加上万敏先生引导游逛，也是赏心乐事。

下次来西昌，再探旧书店。

# 尚书吧二记

去深圳当然要逛一逛深圳书城——这是亚洲最大的书城。有进口书店，亦有设计书店，更少不得各类的特色小书店，还有流动的美术馆——雅昌艺术展。

六月的雨出乎我的意料，刚刚还是好好的晴天呢，小雨说下就下起来了。

书友钟二毛在吃过早茶之后，要赶去上班，将我带到深圳书城独自溜达。看了半天的书店，才恍然想起，不能不去尚书吧。

这家很早就闻名江湖的书店，不知道曾引发多少文人墨客一探究竟。

我在一楼找了半天，居然没发现，再看楼层标识，原来在书城的另一侧，如果不是很留意，怕就这么错过了。

小雨还在淅淅沥沥地下着，似乎无休无止。这样的天气，泡书店大概是最好的选择了。书店的门口有“尚书吧”三个字，不是很醒目，似乎要的就是如扫红所言的“低调”。

进得书店，在书店左侧有若干书架，上面陈列的旧书多多，进门的桌子上放着扫红的《尚书吧故事》和有“大侠”之称的胡洪侠的《书情书色》，两册书早已探入囊中。别处寻来，阿城、迈克、张大春的书当然少不得。边翻书边跟店员聊天，时间似乎过得很快又缓慢。

两点刚过，给 OK 先生（胡洪侠，网名 OK 先生）短信，没回。之前换了电话，好多人都失去了联系。等了一阵儿，打电话过去，一报上名字，他就问，在哪儿呢？

“尚书吧。”“你看看有谁在？有空见见面。”我把电话交给店员，然后旁边一个正在吃东西的女子说：“你找大侠什么事？”我看了看她说，也没什么事，就是见见面，然后又聊了几句，电话转给女子。

“朱晓剑，原来是你呀！我是扫红。”她热情地说。

呵呵，原来这就是著名的扫红，印象最多的是穿着旗袍的她，未曾见过她着便装的模样。上次到尚书吧的杨璇同学说，见到一位穿旗袍的女子，应该就是扫红。

然后，坐下，聊天，喝茶。外面的雨一直在下，偶尔有客人走进来。相比大书店，这里冷清了些许。氛围是古朴的，那些旧家具总让人怀想起某些发旧的故事。我想打听一下诸如马刀的故事，后来还是忍住没问，因为扫红开始在旁边的桌子上练习书法了。

在这样的气场里，最相宜的就是来一杯咖啡，再来一册书了。

读蒋勋的《孤独六讲》，很喜欢他的文字风格，以前也买过《舞动白蛇传》《天地有大美》。不过，读他的书最宜一个静静的环境，有舒缓的音乐再好不过，没有的话也无妨。于是，下午的时光就在不知不觉中充溢起来，甚至有些人生浮华的印记了。

当然，临走的时候，总不能空手而归的，那就来一册阿城的《威尼斯日记》(麦田出版)。至于扫红的《尚书吧故事》，还是等她来成都签名好了。

雨还在下，似乎小了点，不由得想起诗句：时间凝固了书香/醉了/午后的梦幻时光。

店里陆陆续续有客人走进来，品酒、喝咖啡、论诗，成都尽管有“中国的书房”之称，但这样的书吧，还是少了些。

## 二

已经有好几年没有去深圳，虽然深圳的书友总是时不时说，有时间来深圳走一走。这次趁着去领一个阅读奖，得以有深圳之行。

刚在机场落地，李传新老师就打来电话说，你到的时间刚好赶得上吃午饭，我们就约在尚书吧见面吧。于是赶过去，传新老师和欧海兄正在尚书吧聊天。

几年没有来尚书吧，发现这里变化很大，不止有旧书，还有红酒和简餐。一张桌子就在书丛间摆开。传新老师说，上次苏州王稼句的新书活动，四个城市网络互动就是在这里进行的。虽然场地不是很大，但做读书互动却是足够了。

看看这里陈列的书，有“辛神”辛德勇先生的作品，也有好几位熟悉的师友作品，皆是签名本。随手拍下几张照片，想找寻昔日的尚书吧旧影，已经寻找不到了。

吃过午餐，去看欧海兄策划的“书山有路——深圳私人藏书联展”，著名版本目录学家、曾担任哈佛燕京图书馆善本室主任的沈津先生应邀专门为这次展览撰写序文，认为“这份民间书友自发的坚持，值得肯定和期待”。这次展出的私藏有多位书友的藏品，如尚书吧的“古籍善本书目”、南兆旭的“金石古文字典籍”、邓康延的“杂志大时代的小开本”、李传新的“‘十七年’童书”、韩湛宁的“杉浦康平设计经典”，等等，看上去很有格调。

深圳的私人藏书太有看头了。像这样的藏书展览，成都其实也可以做的，只是在阅读活动中，很少注重这一块的内容罢了。

看过私人藏书展览，回到尚书吧，再细细浏览，确实感觉更文艺了一些。稍后，文白兄也过来聊天，虽然在网络上早已熟悉，却是第一次见面。尚书吧的管理人员几经变迁，现在由文白兄负责。于是，聊聊熟悉的书人书事，也是很开心的事。

这次到深圳的时间短，也就没有多联系书友，“随缘见见面就好，不必特意约见”。因为我知道在深圳这个城市，如果彼此距离稍远，见个面也不是件容易的事。

如此，在尚书吧坐了一个下午，原计划再去看一看旧天堂书店，不凑巧的是，文白兄有事情要忙碌。于是，继续泡在尚书吧观书。然而，这次却没有买下一册书。因为跟书店关系熟悉了之后，倘若买书多了些“人情”，这对旧书店来说，也是不公平的。

之前和传新老师在诸暨的第十五届全国民间读书年会上见面，想不到又在深圳相遇。传新老师很热情，每一次见面都少不了打趣、聊天。在尚书吧的畅聊，自然少不得聊起彼此熟悉的书友……这样的下午，是值得铭记的。

# 苏州遇见**文学山房**

苏州文化底蕴深厚，可以游逛的地方很多，尤其是苏州园林，不可不逛。

在爱书人眼里，除此之外，就是林林总总的书店了。2013年，第十一届全国民间读书年会在上海举行。提前几天到无锡参加一个“为爱行走”的公益活动，活动结束之后，有兴化、泰州、苏州之行，寻书访友，不亦乐乎。

到苏州时，王稼句先生刚好去外地，但有一帮书友在，在苏州的几日自然是优哉游哉度过的。我记得访问过慢书房，当然，最值得去的还是钮家巷的文学山房。

我曾在《平江路边上》一文里，这样写道：

> 偶然，在钮家巷，遇见旧书店。对一个“书店病人”而言，已是另外一重的疗饥了。在十方书屋，门外的幌子随风

飞舞。走进去，相遇一册册民国版旧书，纸张已泛黄，封面依稀可辨认，拿在手里，生怕一不小心就碎掉了……

偶然走进了文学山房旧书店，巧遇江澄波老先生，他写的《苏州古旧书店志》真有好资料。且听他讲一段书店旧事，已是难忘。……三代开书店，与国内著名文化人、藏书家的来往多矣。

后来，我在网上找到2012年9月15日《姑苏晚报》对文学山房旧书店的介绍：

文学山房创办于光绪年间，以经营古旧书业为主，名闻东南。1956年公私合营，文学山房与几家私营古旧书店一道并入了苏州市古旧书店，第三代传人、著名古籍版本学家江澄波也随之进入苏州古旧书店工作，直至退休。退休之后，江澄波不舍放下从事了大半辈子的古旧书店，因此决定选址另开“文学山房”，因担心引起争议，他给自己的旧书店取谐音为“文育山房”。

文育山房仍以经营旧书为主，不乏各种古籍善本，虽然只是一间小小门面，还几度搬迁，从建新巷、小太平巷直到现在的钮家巷9号，但因店主人江澄波的得力经营，在古籍爱好者心中极有地位，又深得一些文化机构的青睐，南京图书馆、上海图书馆亦是这家书店的常客，其中更不乏黄裳这样的藏书大家。

江澄波上周知悉老顾客兼老朋友黄裳的故去，十分伤感，与其交往的点点滴滴涌上心头，连夜撰文回顾了与黄裳长达一个甲子的“旧书缘”(该文后刊发于9月16日《姑苏晚报》人文周刊)。江澄波回忆，2006年春天黄裳来苏州时，两人约在古旧书店门口的护栏石前见面，当时黄裳很关心文育山房的经营情况，还劝江澄波有机会还是要恢复“文学山房”这块百年老店的招牌。虽然此后两人仍有书信往来，但江澄波没有想到，古旧书店门口的会面竟然会是最后一次。

黄裳的建议，也是文育山房很多老顾客的建议与心愿，此后江澄波也一直希望有机会恢复“文学山房”的店招，并提出申请。虽然其中略有波折，但在有关部门的支持下，最近终于申请成功。本月，江澄波还请苏州画家马伯乐为其题写新店招，“上一次文育山房的店招也是请马先生写的，前后呼应，马先生一口答应。”

“为读者找书”只是江澄波经营旧书店的一种乐趣，“为书找读者”其实更有挑战性，也更有意义。入行多年，江澄波因古籍与很多人结下深厚的书缘，虽然今年已经87岁高龄，但江澄波仍有信心把文学山房继续开下去。迄今，他仍是文学山房的店主人兼唯一常驻店员。

看文学山房的介绍，不免给人以历史的沧桑感。于是，在旧书店里淘书、聊书，也特别惬意。

我记得，书店刚好有江先生的两册作品《古刻名抄经眼录》《江苏活字印书》，自然取下，并请江先生一一签名留念。像这样的书，大概只有爱书人才会买回去细读的。

原曾想着将这书推荐到蜜蜂文化公司予以出版，可惜的是，此后蜜蜂文化发生变故。我记得，花匠兄还送了册《苏州古旧书店志》复印件，而江先生的《吴门贩书丛谈》的出版已经是2019年的事情了。

像文学山房这样的老店，真的应有保留的必要，毕竟它已经成为一座城市阅读史的一部分了。

# 石家庄**籍古斋**

早几年混迹孔夫子旧书网的时候，印象中石家庄有好多家旧书店，但从没有打过交道。这次路过石家庄——诗人晴朗李寒戏称为“国际庄”，自然想探寻一番，联系韩松，他对新书店熟悉，旧书店知道的并不太多。于是联系倚天兄，印象中他对此多有关注，给我推荐了籍古斋旧书店。

籍古斋位于河北古玩城三楼。我又咨询张维祥兄，他说老板名为崔中友，并叮嘱我别说《中国旧书店》里写了他，恐怕他还不知道。

跟崔先生联系，约好十点半去书店看看。大概因为在楼上，外面没有看见店招，走进去才发现店招放在店里面。店里只有崔先生和夫人在，我先大致浏览了一下，书店除了线装书外，还有少量二手书，此外就是文玩之类的了。

有书友这样描写籍古斋旧书店 ：“一进门，就看见三排古式书

古籍

架，挤满了各式各样的古籍。屏风、奇石、镜架、砚台、老木桌，以及一大堆字画，还有品相完美的诰命。两侧的玻璃柜里，那老物什就更多了，各种照片、眼镜、地契，甚至听诊器、针管，应有尽有，让你置身在那些纵横过往的岁月里，恍如梦中。如果不是门口的玻璃门和一身现代装束的老崔，我真以为自己穿越了。”

聊天时，崔先生以为我也是开书店的。我赶紧说不是，只是写几篇文字而已。崔先生早年从事书画装裱，但亲近图书，10 多年前介入线装书领域。2003 年在北京开了七八家店，忽遇“非典”，撤回石家庄。早几年线装书行情好，“拿到拍卖会，没有带回来的。现在不行了。”他说，现在适合收一些旧书。崔先生似乎与成都淘书斋的蒋德森有来往，又翻开一个记事本，上面记录着几个成都的来访者，看看名字都不大熟悉，也许都是关注线装书的吧。

闲聊中说起孔夫子旧书网。崔先生说：“前不久还去给他们送过书。人家做事大气，来往路费都给报销了。他们那地儿不错。”

又说起成都，原来崔先生早在 20 世纪 80 年代就来过，勾起了他几多回忆。崔先生边回忆边说：“成都好吃的太多了，味道好，环境也很好，每次去吃得特舒服。石家庄就差多了。”

稍后，我在他的留言本上写下联络方式，他记下时间，又找出一册《中国旧书店》说：“这里面有一篇写我们书店的。”我说，这里也有我的文字。崔先生看了看，说不错。话题从美食再回到旧书上，石家庄玩线装书的有几位，但开店的只此一家。“书店不好做，回头还得联系个新门面开店，这里平时人就少。”

我注意到旁边有好几家店都关着门，来此游逛的人就更少了。

这大概也跟石家庄有三四个古玩城有关，一旦分散开来，就不能集中吸引玩家了。

对于线装书，我是心有余而力不足，只是从旁观察了。崔先生联系了张维祥兄“中午聚聚”。此前，我在网上看资料说其是晋中人，我以为是山西的某个地方，原来是石家庄边上的城市——晋中。这等谬误说来让人汗颜，也引出了崔先生对晋中的叙述……

“国际庄”有这样一家线装书店，真是拉高了格调。即便不能每天跟这些书亲近，偶尔去参观参观，也多了几分文化气质。

# 在望城逛**阿勇旧书店**

长沙的旧书店，我零星地看过一些，如星星书店、小白书店等，各有特色。长沙藏书家迭戈告诉我说 :“有一家旧书店，你看了绝对震撼。”能让人震撼的旧书店，在当下并不多见。

于是，我们几个人从株洲赶到长沙，已经是晚上 9 点钟了，简单吃过一点东西，就驱车直奔望城区的阿勇旧书店。天气虽然有些寒冷，却挡不住爱书人逛旧书店的热情。

这家巨大的旧书店，若说是书店的话，倒不如说是书库更为准确。这是一栋六层的建筑，房间虽有差异，却都陈列着林林总总的图书。

因为时间关系，我们集中在二楼右侧的房间，只见数个顶天立地的书架上，图书满满，甚至连地面也堆放着书册，没有详细分类，人文与成功学交织一起，美食与历史共享一架。这样的淘书才更有“淘书”的趣味。

寻觅一个多小时，得书数册，如此进“库房”淘书，当然有味道，但能发现“秘册”(比网上淘书更有味道)。时间已经很晚了，只好抱憾撤离。尽管如此，还是满载而归，甚至还“捡漏”到一两册绝版好书。如果时间再充裕一些的话，这次淘书之旅的收获会更多吧。不过，淘书就在于享受“淘”的过程，在阿勇旧书店淘书尤其乐享。

2018 年 12 月，醴陵古旧书展在醴陵国际会展中心举行，全国来了近百家旧书店（摊)，其中就有阿勇旧书店。之前的探访让大家彼此熟悉了许多。再次叙旧之后，我才知道阿勇的本名乃汤崇勇，做书店虽是新手，但善于发现商机让其成为湖南旧书店中的翘楚。

阿勇对书极为珍爱，不管书册价值如何，均装在一个个储物箱内（即使搬运也不会出现破损)。在书展现场，我注意到一些书店多是用纸箱装图书，珍贵的图书才装进木箱子里。很显然，阿勇对待书的方式要别致许多。

书展刚一结束，毛边书局的傅天斌、林文书局的傅天林和我即奔赴长沙阿勇旧书店，图书依然是那样的多。我们抵达之后，就在旧书店观书，一楼立着数个书架，陈列图书皆与湖湘文化有关，这只是众多图书的一小部分。我大致浏览一下书册，不少是难得一见的资料。上次来过的二楼书库，整洁了许多，且将图书做了简单的分类，尽管如此，还是显得不够十足书店味儿。

淘了会儿书后，我们坐在四楼喝茶聊书。旧书店的图书货源足，也不愁销路，就是现在摸不清有多少家底，是百万图书还是多少，具体到图书分类，还有不少待完善的地方。好在阿勇对旧书店有新的规划，准备拿下一两间会所做主题书馆，想法当然不错，但如何快速建设书馆是个系统的活。于是，针对书店存在的状况，提出若干建议。

随后，参观旧书店书库的藏书，比如一大堆中医杂志，令林文书局的傅天林很感兴趣："在成都，这些书要投放到市场上，很快就会销售一空。"不仅如此，旧书店所藏的艺术品也多达十万余件，不由得让人感叹阿勇的大手笔。

至于纸品，旧书店所藏更为丰赡，一叠关于湖湘水利的资料，系 20 世纪五六十年代的原始文档，这当然是研究湖湘水利的珍贵史料了。至于湖南的地方原始档案，数量也极为丰富。我看着这些藏品笑着说："这样珍贵的资料，在成都我是看见就买的。"地方文献的珍贵就在于它的独一无二，因数量有限，故而一旦错过即失之交臂矣。

接着，阿勇带我们参观距书店不远的大汉园。这是一个精致的仿古建筑群，于是就有以此为基地构建"湘学馆"的设想，这也是别致的构思。而且可根据场地的大小，进行具体的功能分区，以此吸引不同的读者走进来，参与到阅读活动中去。

成都的旧书店虽然整体质量极高，但还没有一间关于巴蜀文化的专业书店。阿勇将这百万册图书，分不同的主题陈列，确实是别具一格的构想。对于书店以后拓展销售渠道，也是大有益处的。

当然，旧书店在当下如何才能做得更好，则是见仁见智的话题。但毫无疑问的是，像阿勇旧书店这样规模的书店，在全国也是为数不多的。

在我们喝茶的间歇，听阿勇聊到书店的长远发展规划，看得出来，阿勇对书店有着一份深深的挚爱。

这一次逛阿勇旧书店，并没有淘一册书，主要是聊一聊书店发展规划，也让我们见识了湖南书店的新构想：仅仅贩卖旧书，已经不是当下的旧书店存活的路数了。

# 新化逛**矮子书店**

尚未到湖南新化，就跟作家方八另兄商量，寻茶之余，再来一回淘书之旅，那就完美了。说实话，对新化的旧书店并没有太多的期待，盖因现在的旧书店大多不景气，能遇见中意的书，也实在是意外之喜吧。

3 月 8 日，抵达新化，用过午饭。几位茶人，也同是书人，由新化县作协副主席带队直扑旧书店。

却说，这新化有旧书店两家，要去的矮子书店是最有特色的一家。副主席说：“书大多是 20 世纪七八十年代的，有不少好书。我们都淘过好几回了。”突然感觉心一下子就凉了，经过几番淘洗，捡漏的机会就大大缩减了。好在，既来之则安之。在一市场里，隐藏着这家矮子书店。

此时的书店里仅有一两位客人。走进书店，只见书分两侧，靠墙而列，收银台上放了台称量器，墙上贴着一个告示：自正月起，本店书一律 7.5 元一斤。

大家见了书，如同见了宝贝，各自开始寻觅好书。

外面的书架上尽是畅销书，或乱七八糟的小说之类，想必没有什么我想淘的好书。且往里走，先淘了册《艾芜小说选》，艾芜故居最近重建完工，不妨送去作个纪念。又见《卖糖书话》《湖南灾荒史（1921—1949）》，遂一一拿下。再逛，遇到一些张守义封面设计的书、贺友直插画的书，也都一一拿下。后又遇到文学丛书两种，小开本，薄薄的，喜欢。

藏书家薛冰先生淘书经验丰富，遇上一些小册子，就问我收不收，果断地收下。如此，《陈伯吹童话》《唐诗小札》也都一一拿下。新版的《斜阳》已有了，又遇到一册老版的，薄且不旧，再取之。如此挑挑拣拣，又得了一大摞。

其间，遇见了一册朱正先生责编的《论〈华盖集〉及其“续编”》。2011 年曾与他有一面之缘，现在又在旧书店遇到跟他相关的书，真是一种缘分。

薛先生拿了册费振钟的《江南士风与江苏文学》，精装本。想起上次访泰州，跟姜晓铭、袁晓庆兄雅聚，约了费先生，却不遇。这次遇见书，自是不容错过。又见一册《白居易集》，旧版书，再拿下。

淘书完毕，共选了 21 种书，称算一下，才 71 块钱！

这次淘书之旅，虽只有短短一个小时，却是各有斩获。薛冰先生之后在微博上说：“能读的书不多，挑了本管蠡的《孙犁》，还有中国书展（1985 · 香港）的宣传册《书人书事新话》，收有不少名家之作，如钟叔河先生的《我为什么要编“走向世界丛书”》，施蛰存先生的《现代的自我推荐》。”

这家矮子书店，原是开在湘潭的湖南科技大学北门，不知何故搬到了新化。未及详问店家缘由，想必会有一番故事吧。后来网上查找这家书店的信息，倒是有不少人去买书的。网上还有篇文章说："在湖南科技大学出北校门右转 50 米远的小巷子，由先前的学而旧书店改名的矮子书店内，各种教辅书籍和旧书混杂在一起。"《文艺生活》杂志社副主编曾冬在微博中写道："中午抽空跑到湘潭，从同学周卫一开的矮子书店捞得书 10 多册，基本为 1980 年前出版。"由此，大致可知这家书店的来历了。

第二天一早，在新化老街向东街闲逛，看见了一家书店名写在墙上——资怡堂书局。也许再过几年，老街一改造就见不到这景象了。随后，网上查找其资料，不可得。方八另兄告知，这是由袁玉泉创办于清代末年，主要刊刻小唱本，后来由他的后人袁铁初经营，除了刊刻小唱本之外，还经营文具纸张和待售书籍，直到 1956 年，资怡堂书局与大新、华丰、文元、文益、锦星、同文、大达、精华等十家书店公私合营，资怡堂书局才停业。

再往前走，又看见一书店名，仅有书局二字，前面是啥名字不可知了。方八另后来经过查证相关资料告诉我："通过《建国前新化图书刊刻出版概况》提供的书店一览表，逐一核对，确定为永兴书局，由谭三喜于民国三年（1914）创办，主要经营书籍印刷和批发，也做书籍零售和纸张销售，1954 年停业。"

如此看来，新化在民国时，还是一个书店重镇（1996 年版的《新化县志》记载 1949 年新化有书店十余家）。反倒是今天书店数量不多，只能令人叹息了。

# 长沙书游记

2011 年初，长沙文化地标——熬吧读书会举行首届读书年会。不少文朋诗友聚在一起，谈书论文，那可真是阅读的嘉年华。但因在长沙逗留的时间太短，既未能拜访当地的文化名流，又没好好尝一尝美食，对像我这样的“书店病人”来说，更为严重的是没能逛一回书店淘几册书，颇为遗憾。

当得知再去新化寻茶时，想着能够在寻茶之余再安排一两场淘书活动，那就真是功德圆满了。好在抵达新化的第一天就有淘书活动，尽兴而归。

从新化回长沙的路上，南京的薛冰先生联系了“长沙第一书虫”彭国梁。在淘书圈里，彭先生赫赫有名，其《书虫日记》是不少爱书人案头必备的读物。且不说书中的信息含量大，故事也是妙趣横生。由此，还引发了一拨爱书人写读书日记的热潮，但得其真髓的甚少。

“长沙第一书虫”彭国梁虽住在医院，亦挡不住他淘书的热情。一边厢，薛冰和我在酒店里等着他的到来。且说株洲爱书人舒凡听说这等好消息，自然加盟，从株洲驾车而来，还带了装备——好些个淘书口袋。舒凡女史接了彭国梁，到酒店又接了我等直奔星星书店。

这家书店原叫青山书店，关于其中的故事，在《中国旧书店》有详细记录。刚进店门，就见店堂里挂着作家高尔基的名言“书是人类进步的阶梯”，彭国梁、舒凡跟店主贺姐打了招呼，彭国梁给大家做相互介绍，然后开始各自淘书。

书店里大多都是库存书，均有折扣，一二折到五六折不等。寻寻觅觅，先是看到了北京曹鹏兄的《启功说启功》，又见薛冰的旧作若干，凡此等等，真是大有收获。

薛先生看中的书不在少数，彭国梁不停地在书架间翻找，遇到一册书，就问薛先生，这册要不要？画册、艺术收藏有不少是他的爱物，自然是下手极快。

好在店家提供快递送货上门，这倒真是便捷的淘书。要是在以往，恐怕得扛着书回家了，虽是壮举　到底是前淘书时代的旧事啊。

舒凡女史淘书真够豪气的。上次在上海淘旧书，见一册取一册，那淘书的气场让人叹服。这次在星星旧书店，依然收获不少，比我们所得的书甚多。

且看薛冰先生的淘书记录：墨西哥画家里维拉的 12 开精装原版画册，十分可喜，作价 80 元。彭胡子称赞不绝，很想要的样子，我还是没给他。好书绝不让人。《日本汉学史》的第一卷，可惜没有全套了。《世界硬币上的名人》《钱通》《中国字谜》，《同仁堂药目》有半本是影印的，以前买过线装本，正可以对照来看。还有一本意大利建筑师的《阿特利尔建筑作品集》，原版的，只能欣赏画了。

逛罢星星书店，驱车去河西，直奔岳麓书社开的麓之风书店。这里除了岳麓书社自己的书，还有各种类型的书夹杂其间。曾见过他们出的新版古籍，装帧不太好，看上去像盗版书。不过，那是多年前的旧事了。

走进书店，即遇到《书店病人》，真是惊喜。然后，在书店里浏览、拍照。薛先生找了个梯子，到书架的顶层观书。彭先生坐在靠窗的椅子上翻书，舒女史则一架架地巡游……

麓之风书店的书均88折优惠。彭国梁夺得书店第一张会员卡，自然还有折扣。商务印书馆的“碎金文丛”、上海辞书出版社的“开卷书坊”都惹人喜爱，看来看去，总怕背上书回成都，就没舍得下手。书店里的书品颇为文艺，直觉店长就是一位文艺女青年，临走时却忘记探问了。

逛完书店，已经下午5点了。藏书家迭戈约我们去他的书房观书……

看来，在长沙逛书店，还需有更充足的时间才够。

# 在芜湖遇见书店风景

芜湖是江南名城，濒临长江。小城除了风景独特之外，还有一座学府——安徽师范大学，那里的读书人创办了几份读书报刊，读书氛围让人感觉不得了。著名的徽商就是以芜湖作为门户，走向全国，可见其有独特的文化氛围。

“到了安庆，没有不到芜湖的道理。”爱书人桑农先生跟我这样说。早在多年前，我就跟桑先生网上相识，他的著作《开卷有缘》已在台湾出版。

在芜湖访书，看书店风景，也算是另外一种“开卷有缘”。芜湖的独立书店如万卷书屋、人文书店、雅韵音乐书店、金峰特价书店、学人书店，等等，几乎都集中在镜湖边上，让我们少跑了许多路。

## 万卷书屋的生机

桑农带我到穿过中山路，再右转就到了春安路。在沿路的一侧分布着些许书摊，看上去有 10 多家。规模挺大，只是好多书摊尚未营业，无法窥视书摊的全貌了。

我们先去的是万卷书屋。三开门面的万卷书屋有很多传奇故事，收书、买书的故事，桑农讲了好几宗。在孔夫子旧书网开了网店，让万卷书屋有了新机遇。此后，书店再一次的机遇，就是遇到了某大型图书馆的剔旧。三万余册的旧书中，藏有不少珍本、善本，令万卷书屋进一步充实起来，并且得到了不小的收获。至于收售线装书的故事，也有不少版本流传，几乎是芜湖书业里的传奇。

万卷书屋有两位店主，各有分工，一位外出寻找货源，一位负责看店。我们去的时候，刚好店主宋磊在，他正在整理一包刚到的书。他的伙伴小汪（汪华）在外面收书，在孔网上名为“旧书迷 001”。这家书店网上知名度很高，如陈子善、王稼句都来淘过书。后来，我在网上跟几个爱书的朋友炫耀这家书店，大家纷纷说，早就去逛过了。看来我真是有些落伍。

宋磊拿出一张藏书票艺术家倪建明为万卷书屋设计的藏书票，拱花，大气，票面上的凹凸感更有立体的感觉。万卷书屋不仅卖旧书，也卖新书，在老板看来，只要是好书，不管新旧，都愿意卖，这也算是一种独特的风景吧。

桑农说：“安徽师大图书馆的张翔和几位书友，每天下班都要来这里逛一逛，不一定要买什么书，大家就是在这里碰头，闲聊。”我能想象书友对书店的情感，能超越对自家的客厅。

书屋昨天刚进了一批货，宋磊忙了差不多一天，尚未清理完，中途跟我们聊天，聊书店的经营。

最后，我选了两册书，一是《四川新兴版画发展史》，四川版画很有特色，只是现在提到的人少了。另一是《中国戏曲史钩沉》，上下册，蒋星煜著，我对戏曲文化多少有些兴趣，也买了不少川剧的书和资料，遇见合适的书，总不肯错过。

万卷书屋，是芜湖开业最久的独立书店之一。在多年的经营过程中，若不是有不断生长的生命力，恐怕在这个小城里难以坚持下来。

## 人文书店的味道

逛完万卷书屋，又走进了人文书店。桑农向老板介绍了我，老板说："《书店病人》我卖过，很不错。"我想这多半是客气话，但美女老板的真诚，让我很感动。

人文书店规模约有一两百平方米，靠墙的是几排书架，中间摆着几张长桌，桌子上密密麻麻地陈列着各类图书，只露出些许书脊。我发现这里和万卷书屋一样，新书旧书都有，这大概是芜湖书店的特色吧。

人文、社科、地方文化等类别的书，都可在这里寻见。猛一看，与万卷书屋有点相似，却也有个性，即通过为本地读者服务的同时，提供更有价值的读物。至于本土作家的作品，在这里皆可寻见踪迹。不仅如此，人文书店还与文人来往且合作，如提供开卷书坊和桑农等文人的独家签名本，这条路走得虽不易，但至少可以为书店生存多提供一些渠道。

逛了一阵，老板拿出一册《芜湖古城》，她说："你来芜湖，一定要了解芜湖的历史，这本《芜湖古城》正适合。"然后签章，把书递给我，真令人欣喜，一册书在手，大致了解芜湖的古今历史。

有位“六不大”网友在微博说：“好怀念芜湖的旧书店一条街。人文书店的老板也喜欢看陈丹青，还给我推荐过董桥，作为回馈，我给她推荐了木心。”这样的互动正是人与书的交集，也是最动人的风景。

后来我在网上看到，人文书店也有微博，经常更新书店的新书资讯。这种人性化的服务，大大方便读者。书店并非是越做越大才是好，如何守得住一方天地，做得尽善尽美才是成功的关键吧。

## 藏书票

在镜湖公园边上，有藏书家阿英的藏书陈列室。按道理说，作为爱书人应该去看看，但陈平原先生的《江南读书记》记录了他参观的经历：“到了芜湖我才知道……除了芜湖市图书馆确实地处‘镜湖烟雨墩’和烟雨墩确实‘风景幽美’外，余者都必须打折扣。首先，家属捐赠的并非阿英劫后留下的全部藏书，而是部分藏书；其次，所谓‘供各界人士阅览钻研’云云，那是将来的事。”

我这次来，藏书室也没对外开放，只有通过层层请示、报告才可进去观书，如此一来，原本轻松观书的事就变得复杂了。我是懒得麻烦的人，遇到这等麻烦的事，不去也罢。

说到芜湖，不能不提到版画家倪建明先生，他所创作的藏书票，是“透过藏书票的框线以古老的徽刻拱花技法，使单调的线条富于变化，由此产生一种明显的浮雕似的凹凸效果”。在万卷书房就看到了一帧，真是漂亮。

在镜湖公园旁边有一间倪先生的工作室，他每天都在工作室里忙活，也制作了不少藏书票。他理想中的藏书票艺术境界是“凝聚着一种东方人的人格魅力、审美精神和伦理观念”。

访书、淘书，还有藏书票，如此密集地聚在一起，更让人羡慕芜湖的人文氛围了，倘若能时常悠游其间，那就更得书香的神韵。

# **琥珀书店**的岁月静好

在厦门逛书店，也需当地书友的推荐。在逛过几家书店之后，到了沙坡尾，“这儿还有一家琥珀书店”。

行走到中华儿女美术馆的背后，并没有看到书店的踪影。向隔壁的人询问，手指向美术馆，“拐过去就是了”。拐过去后就是演武大桥，也是美术馆的正面。

果然看到了琥珀书店。书店门口有一张告示，原来书店的营业时间是 13 点到 21 点。

很不凑巧，现在时间还不到 12 点，距离书店开门还有一个多小时，干脆回旅馆休息一下再说。

在书店门口站了一会儿，也没有路人停下来打望一番。随手拍下几张照片就离开了，书店的陈列只能透过玻璃窗大致了解一下。

书店门口的小景布置得很别致，有盆栽，有绿树，甚至在墙角种了几根竹子，这应该不是美术馆的创意。看得出店主的用心，像这样的书店，让人喜欢。

我不记得是在何况还是在南宋的笔下，读过关于琥珀书店的叙述，印象模糊，书店的名字却记住了。

“静坐读书”，进门就看见这几个字。

这是店主的手书吗？不太能确定。再到书店已经两点了，还好开门了，赶紧拍一张照片。

进了书店，边逛边和何况兄微信聊天。他说，你可以找阿默姑娘聊聊天。这样也好，反正计划

写一写旧书店的故事。琥珀书店正好符合我的写作需求。

吧台前坐着一位女子，有客人走进来，她没有主动招呼，任凭读者自己选书。这让我想起以前在深圳尚书吧遇到扫红的旧事。那时候，她在一旁的桌子上写字，旁若无人，直到问后，才开始聊起。

逛了逛，买了一册金鹗、岛田翰、马衡、余嘉锡、李耀南所著《古书的装帧》，到收银台买单，书价 8 折。顺便与阿默老板聊起最近计划写一册旧书店的书，正在收集资料，琥珀书店就很值得写一写。然后，互相加了微信。

当然，这不是表面话，而是我在书店里走了一圈，发现了不少喜爱的图书。

比如有一册《鬼才闲话》，是成都魏明伦先生的作品，书的后勒口印有另一人的照片和简介，起初很奇怪，怎么会有这样的介绍。最后一句才看到此人是这本书的投资者，原来如此。

还有一册《吴虞文录》，品相算不上好。继而又看到一册《四川内战详记》，讲述20世纪20年代成都巷战的情况，很难得，随手取下。

书店进门的左侧，有一排包装好的书　书衣是不同的布做成的，看上去简洁、朴素。看着这样的做法，倒也是别致。只是这种设计是否足够实用，我多少还是有些担心，因为书籍防尘很重要。

在图书的装帧上多些创意没有错，当然这样的创意也许还可以更好一点儿吧。我不禁想起多年前台湾作家张典婉老师送给我的一个布做的钱包，看上去很不错。

《吃茶去》，图书封面上仅仅只有这样几个字，似乎就已经传达出了情意。随后，我在书店里的签名本区域看到一些签名本，价格都不算太高，随意挑几册书，也算是对书店的支持了。

抬头一看，书店里张贴着一张手写的纸条“眼观心照　请勿拍照”。坦率地说，现在的书店不让拍照的几乎不多见了。尤其是一些网红书店，你不拍照似乎都像对不住书店似的。

继续在书店里闲逛，大致可以看出图书陈列的高雅。而图书的价格却有些偏低，还有不同的折扣。

随后和阿默有了简短的对话：

书店开业有多少年了？

11年了。

一直是在这里开店吗？

之前你逛过晓风书屋吧。我们以前的店距离晓风很近，只隔了几个门面。后来就搬到这儿，已经有5年了。

在我们闲聊的时候，有一男一女走进来逛书店，这里看看，那里看看，却并没有选一册书就走了出去。

也许是书店有点闷热的缘故，我也走到店外。看见书店门口有一棵树，树下放着一张桌子、几把椅子。坐在这里很安静。

远一些，则是沿海而行的步道。

更远一点儿，有几株三角梅正怒放着。

我站在步道上，正好看到书店的店招被树遮挡住了。这样看上去并不算好。但仔细一想，有树木的庇荫，也就有别样的味道。

几位老师带着一群孩子在这里写生，三角梅和建筑物构成了

独特的视角，如果能加入书店就更好了。似乎谁也没注意到，在三角梅的后面，还有一家书店的存在。

再往海边走几步，可以远眺鼓浪屿，甚至可以享受听涛拍岸。像这样的书店环境恐怕也是不多见的吧。

如今的旧书店似乎是越来越难做了。像琥珀这样的书店经营会怎么样？我不太确定。如果仅仅是当地的书友光顾，少了“书店病人”的参与，也就少了点传奇色彩。我随后在孔夫子旧书网上查找琥珀书店的排名，在厦门地区排名并不高，显示开业9年。

挥挥手，和琥珀书店告别，奔向下一场书会。

# 扎根厦门的**小渔岛书店**

旧书店以往总给人一种杂货店的感觉，书物堆放凌乱，即便图书上架，也少有章法。因此，逛旧书店更多的是“淘”，有大浪淘沙之感。

但今天来看旧书店，只要上规模、场地足够大的书店已经有了“质”的改变：图书分类个性化、陈列有序……总之，逛旧书店也可享受到更多的便捷与乐趣。

厦门的书店氛围极好，大大小小的书店各守着一方净土，认真耕耘，同样活出精彩。

旧书店同样如此。大学路上的小渔岛书店总店，堪称厦门旧书店的代表。

## 一

2018 年 12 月 14 日至 16 日，湖南醴陵古旧书展办得轰轰烈烈，当时吸引了数十家来自全国各地的旧书店参加。小渔岛书店就是其中的一家。在旧书展上，小渔岛书店很是醒目，岛主个头不高，说话轻声细语。那几天，我在展馆里逛来逛去，时不时到小渔岛的摊位前驻足。虽然小渔岛的书品和质量都很不错，但那时我只关注成都本地文化，却忽略了图书的相关性，同类的图书也是可以比较其中优劣的。因此，即使逛了小渔岛，却没有买下一册书。

那时，我对岛主和书店的印象大致如此。后来加了微信，才对小渔岛书店有了更深层次的了解。

## 二

因为初到厦门的缘故，不妨多逛一逛当地的旧书店或旧书摊，当地书友笔下时常可见的旧书店风景。

抵达厦门时，已经是下午 5 点钟，在旅馆匆匆吃点东西，就和作家杨虎去拜访小渔岛书店。事先和岛主联系，晚上 10 点钟打烊。原来计划徒步过去，虽然不过两三公里，后来还是决定打车。大学路上的厦港酒家旁边有一条小巷，巷口就是小渔岛，到了地方才知这家饭店也是老字号了。

小渔岛书店临街，因为店招亮着，很容易就找到了。一走进书店，就看见满满当当的书架林立。左侧有一张桌子一把椅子，桌子上的电脑旁边堆满了书册，还有一些旧版的连环画。看上去有些杂乱，却乱中有序。岛主正在那里操作，也许是将书在网店上架吧。再往里走，有几位读者正在寻书。

和岛主打了一声招呼，我们就一头扎进书堆中了。

## 三

我留意到每个书架前都贴着纸条，标示着图书分类，分类很细，比如传记、民俗、作家推荐、文艺青年必读书目、外文书、地方文献，等等，还有中华书局、商务印书馆等出版社的专柜。这样找起书很方便的。

我看到陈克希先生的《旧书鬼闲话》，两册，品相不错。上午还和克公在成都双流机场聊书，想不到这么快就遇到了他的作品，随手拿下。

大约逛了半个多小时，选取了几册书。看到有个指示牌，显示二楼有一个“泉南文献馆”，于是提出到二楼看看。所谓泉南，大概是福建南部的意思，也可以指代闽南。据岛主介绍，泉南始于唐初，包括泉州、厦门、漳州、莆田等地，也就是古泉州府，今天的闽南地区。

原来上二楼的“泉南文献馆”，并不是从店里沿楼梯上去，而要走出书店的后门，再沿着窄窄的楼梯走上二楼。岛主带着我们上楼，开门，开灯。门楣上有“泉南文献馆”几个字，因没有落款，故不知是哪位书法家的墨宝。

走进去发现这里的图书分类同样精细，图书以区县划分为主，也有按专题分类，如闽南话、海交史、侨批、客家、渔业史等书架，看上去同样壮观，如果场地足够宽敞的话，应该可以像毛边书局一样做一面书墙的。询问岛主，这里的藏书量也有上万册。真想不到小渔岛还有这么丰富的地方文献。

岛主简单介绍之后，就到楼下继续忙活。我和杨虎则在文献馆的书架间巡游。最后选了册《厦门的公园》，这本书出版于2014年，翻看序言，作者写道，厦门是一座真正的公园城市。

## 四

在文献馆翻阅了一会儿，发现泉南文献馆的藏品很丰富，我感兴趣的书还是有一些的。考虑初次到访，似乎不太适合一下买太多的书，反正有一周时间在厦门大学附近活动，有的是时间到这里闲逛。

目标还是回到一楼。和杨虎下楼继续逛起来，稍后王国平询问地址也要过来淘书。他现在淘书以签名本为主，故而到书店直接有目标地寻找。而杨虎和我更像是淹书客，扎在书堆里，仔细翻看图书，颇有淘书寻宝的乐趣。

我选好几种书，因为计划写一篇小渔岛的文章，又多拍了些书店的照片。顺便又选了一册《旧书店日历》(2020年版)，这是小渔岛书店和《书香两岸》杂志联合制作的。

我询问岛主：明年还出版日历吗?

不出版了，日历成本太高。我看了看日历标价480元（台币)，颇出乎意料。然后，我将书交给岛主，请他结算一下。

“你是第一次来，就算免单了。”我推让一翻。我当然知道这是岛主的好意，可是书店卖书不收钱，怎么说得过去？岛主将书装入袋中，我也就不好再继续推让了。

在等王国平到来的时间里，我们俩继续在书店逛，却不好再买什么书了。杨虎看到一套“安徒生童话”，有10多本的样子，品相还好，有好几册书都包了书皮，上面用毛笔题写着书名。

王国平终于来了，直接寻找签名本，好在有一架书都是签名本和毛边本。他看了一下，摇了摇头。然后岛主又找来梯子，让他到书架高处再找找，最后，他只选了一册赵忠祥的签名本《岁月随想》，里面收录了一篇写都江堰的散文。

岛主还是没有收取书款，弄得我们十分不好意思。“回头我把自己的书签名寄过来。”杨虎这样说。

时间已经是晚上 9 点钟了，岛主还在书店忙活着。我们想继续淘书，岛主在店门口指引我们说：“前面还有晓风书屋和洪都旧书店，可以去逛逛。”

于是，乘着夜色，我们继续淘书之旅。

# 大学路相遇**洪都旧书店**

在厦门淘书的第二站，计划去晓风书屋。这家书店在福建大名鼎鼎，但同行的两位书友似乎不太感兴趣，只好来到斜对面的洪都旧书店。

门口张贴着红色对联：古今书籍凭君选，中外文章任你观。即便是晚上，也很醒目。

在淘书的间歇，《厦门文艺》主编曾纪鑫兄打来电话，约着聚会。话间说起在洪都淘书，他说：“你跟店家说，去年阿滢来淘过书，可以优惠。”也只是一说，要知道现在旧书店经营不易，能不能打折，还是要看情况。

后来我在网上找到山东阿滢兄写的洪都旧书店淘书记：

> 窄小的室内放满了书架，显得更加逼仄，在里面只能侧着身子走。这家书店的书价格较高，关于厦门地方文化的书

籍很多。店主说，按照用铅笔写的价格销售。我找到一本《族谱研究》，是学术论文集，看了一下铅笔写的价格 150 元，店主说打折后 110 元。打开粗略翻了一下，又放回原处。又找到一本《太原郭氏金石注集》，郭青萍编著，2014 年 12 月自印本。该书用繁体字排版，收录了郭有道碑 1 篇，郭公庙碑铭、神道碑、墓志铭等 21 篇，并进行古文今译，辑录成集，为郭氏文化研究提供了珍贵的史料。这本书标价 75 元，打折后 55 元，收入囊中。

关于洪都书店的名字，我看到网上介绍说："老板姓晏，江西进贤文港人，他的家乡以产毛笔闻名，有笔都之称。所以，书店名为'洪都'也在情理之中。"进贤是北宋词人晏殊的故里，而"洪都"则是南昌的别称（唐宋为江南西道及洪前治所，为东南有名的都会，故又称"洪都"，王勃的《滕王阁序》云："豫章故郡，洪都新府。星分翼轸，地接衡庐。"）。这自然让我想起了邹农耕先生在那里办的毛笔博物馆和《文笔》杂志来，可惜的是，我询问女店家，她并不知晓。

我们在书店闲逛了一会儿，发现店里拐进去别有洞天，书籍已初步进行了分类，但空间过于逼仄，匆匆扫了一眼又回到外间选书。店主又给我们介绍了一些书店里的图书。王国平兄对签名本更感兴趣一些。店主介绍说，店里多是当地的学者、作家的签名本，其中有黄济人、刘再复的签名本，询问了下价格，略高。现在的签名本价格低了难以买到真品，当然也有个别旧书店偶尔有伪造签名本的情况。

杨虎兄看中几份地方史料，打开看了看，问我要不要。我很少买这类的书籍，尽管时常买地方史料，主要还是以成都周边为主，如此选书有很大的局限性。

我们一边选书一边等男店主晏老师的到来。大概半个小时之后，晏老师终于赶了过来，聚在一起开始聊书。他说他们在厦门做旧书是最早的一批，书店也搬迁了几次，最后在这里落脚。

王国平兄和杨虎兄继续在店里翻书，里面有些热，我就在店门口坐下来，尽管已经是十月了。

杨虎兄拿着一册当地人写的日记，记录了 1949 年前后的情况，极具价值，标价 150 元，遂还价。晏老师指着书柜下面的一些杂书说 ：“你要讲便宜，这些书，我可以送给你。”最后，还是优惠了些买下。

“谢泳老师一会儿要来。”晏老师说，“他经常来我们这儿买书，前几天刚来过一回。厦大的有些老师也爱来。”

不知道会不会等来谢老师，上一次见他还是在天津，那次是参加问津书院成立五周年的活动，一晃已经好几年过去了。在书店里，几个人闲聊天。等到晚上 9 点半，谢老师还没有来，恐怕今晚不会来逛书店了吧。

虽然在洪都旧书店没有选中一册书，但通过聊天了解了书店的经营情况，我记得在南宋、何况等人的笔下有过在这家旧书店的淘书记录，有时间翻出来看一看。

有趣的是，第二天与曾纪鑫、陈忌坤、王谋伟等书友聚会的时候，意外地遇到谢泳老师，于是聊起在洪都旧书店淘书的事……我曾多次买过谢老师的书，自然多少熟悉他的淘书经历。

谢泳老师曾说，现在的作家虽然多，但能在文学史上留下印记的却并不多，如果能深度研究地方文化，就拓展了另一个空间。这话给了我很大启发，让我的淘书之旅多了些趣味，进而对地方文化的相关史料、资料的收集增加了更多的兴趣。

# 逛郑州书店

故乡临泉离郑州很近，每次路过郑州都是匆匆的，虽然有好几位熟悉的书友，比如马国兴、郭昕、曹亚瑟等都在各自领域颇有造诣，但见面机会还是很少。直到 2018 年 9 月在郑州举行第十六届全国民间读书年会，才有机缘和郑州书友见面、聊书，逛一逛旧书店。

9 月 17 日早上，打听到郑州旧书店地址，于是和几位书友分乘几辆车，直奔郑州市二七区交通路 8 号碧波园的珍宝大世界，在这里的负一楼有邮币市场和旧书店。于是，在市场里寻寻觅觅，楼上楼下走了差不多大半圈，才寻找到几家旧书店。

据说此地也有旧书摊，可惜一家也未遇上。当地的书友介绍说，周六、周日的书摊最多，但看现在的样子，书摊的规模恐怕也不大。

看过两三家旧书店，店面不大，图书码放得很乱，寻书问价，也都没有想要的答案，大家似乎都不太满意。这里与想象中的旧书店有不小的差距。

终于，看到一家像样的旧书店，大家纷纷走进去挑选图书。沈文冲先生遇两册藏书票，要 50 元一册，遂作罢。我打算找一找跟郑州文化有关的书册，也不可得。

在郑州大学，赵长海先生长期从事河南文献及中原文化的教学与研究工作，个人收藏河南地方文献 4 万余种，与图书馆合作开办河南文献阅览室，免费对外开放，被誉为中州私家收藏之冠，仅各类名人手稿就有 5000 余部。这些资料的获得大多来自不同的旧书店或旧书摊。也许是我们在这里浏览得太过匆忙，错过了相关资料。

曹亚瑟兄曾回忆 20 世纪 80 年代中期在郑州淘书的旧事：

> 在解放路新华书店二楼的古籍书店里，我以 19 元 8 角的价格买到过中华书局绿皮版十卷本的《史记》，以 26 元 5 角的价格买到过十卷本的《太平广记》，这在当时都是很贵的书，需要存上几个月的钱才能买得起。我最开心的是买到徐梵澄翻译的《五十奥义书》和《神圣人生论》，这两本印度哲学经典，都是 1000 多页的精装大书，我读起来也似懂非懂，但我从鲁迅著作中知道徐梵澄这个人，也知道这些书的价值，觉得买下来什么时候读都是值得的。果真，后来很多朋友来我的书房，看到这两本书都很眼红，几次差点被“顺”走。我一直忘不了，当时我抱着那本厚厚的《神圣人生论》走在街上，那副心满意足的神情仿佛拥有整个世界的样子。

如今，这样的书事都成了消逝的前尘旧事。想一想我们逛旧书店，似乎只是为了淘几册书，也是件不容易的事。

在这家旧书店，大家翻看了好一阵子，似乎都未遇到喜爱的书。只有季米兄好歹淘到两册书：艾思奇的《“有的放矢”及其他》，三联书店，1978 年 8 月出版；巴金翻译、薇拉·妃格念尔的《狱中二十年》，文化生活出版社，1953 年 12 月第 7 版，30 元。余者空手而归，真希望能遇到更值得逛一逛的书店。

这也许是近年来参加读书活动收获最少的一次吧，幸好当地书友赠送了些许书册，让我此次淘书之旅多了意外的惊喜。

卷三

# 旧书摊

# 迷恋旧书摊

在成都待了20多年，一直逛各种书店，旧书店更没少去，但有时候还是更喜欢逛书摊。在文人雅士的眼里，它们被称之为“冷摊”。旧书店相对来说，书量多，挑选余地大，而旧书摊就太一般了，有时候逛半天也未必寻见一本中意的书，这样的遗憾时常遭遇，但至今仍乐此不疲。

成都最早的旧书摊是在各个夜市里出现的。1997年，在牛市口一带、成都大学所在的梁家巷一带有不少旧书摊，那时候手里的钱少，对书也不大了解，说去逛书摊，不过就是看看而已。虽然早就知道成都的读书大家不少，但也只能想想而已，总觉得不是一个“阶层”的，即便是遇上冉云飞、龚明德大抵也是认不出来的，没想到几年以后，自己居然也混进了读书圈子，颇有范进中举之感。

大概在1998年，在四川大学旁的文化路上，靠近郭家桥一带的河边，忽然多了许多旧书摊，好书不少，我跟同学戴新伟时常去逛，买一些书，从那以后就开启逛旧书摊、旧书店的淘书之旅了。

成都旧书店那段时间挺多的，后来就越来越少了，贩卖的书也都是大路货，看不看都成。在2001年前后，城西的清水河附近有不少旧书摊，周五下午去闲逛是最好的，三五元一册的旧书随处可见。像《读书》《万象》《小说月报》都是一元一册，要得多的话还可以议价。我住在东边，每次骑自行车去淘书都要花几个小时，但每次都是满载而归。

后来，为了方便淘书，干脆搬到清水河附近居住。因为住得近，只要时间许可，随时都可以去巡游，仿佛自家庭院一般，但隔了一两个月再去，它们已经消失不见了。

且说在20世纪末，成都还有夜市存在，包括菜市场的周边基本都会有三三两两的旧书摊存在。他们卖的书不多，内容也以金庸的武侠、琼瑶的言情小说居多，林林总总的杂志更是惹人喜爱——一元一册的价格确实够便宜，顺便打发一个百无聊赖的夜晚也是好的。

不过，对我来说，这些旧书摊的存在比旧书店更有味道。因为它们的摊位时常变迁，你要像猎犬一样盯着猎物，不管走到哪里都需敏锐地发现它们的存在，并淘到自己喜爱的书，这是在旧书店无法找到的乐趣。

大约1999年的时候，我在人民南路附近上班，在锦江大桥、人民南路、华西医科大学（现在的四川大学华西校区）门前的竹林旁边，时常会有零散的旧书摊出现，他们摆的书不是很多。我在那里淘到过《房龙音乐》《房龙地理》等，但也有失之交臂的书。比如有一册民国版本的《雨天的书》，砍价之后还是觉得书价高了些，想着这样的书大概不会有多少人看中的，早晚会收入囊中，但那家旧书摊仅仅见过一次，就再也没出现过了——或许它搬到另外一个地方了吧。

其实，这样的遗憾在逛旧书摊时经常会遇到，因为一个闪念就错失一册好书。

有段时间，在双桥子附近曾有过一些旧书摊，周六、周日上午摆摊，去看过几次，收获不大，或许是自己喜欢的书越来越少的缘故吧。

有段时间，在经华北路一带也有一些旧书摊，一般周末上午10点之前去最好，去晚了，好书很容易错过的。在那里我也淘到过不少好书，譬如《人界·畜界》《流沙河诗集》《翟永明诗集》，等等，都是早些年的书，现在旧书市场上偶尔还能一见，颇有些惊鸿一瞥的味道。话说回来，这淘书的乐趣可不正在此吗？

现在的成都，旧书摊随着旧城改造，越来越少了，甚至流落到了城郊。可能在城市里已难有它们的容身之处，大抵是做旧书这行的，不像开餐馆、商铺，只要有人气，开得够久，就能做得不差。如此想来，有意思的旧书摊越来越难寻觅到了，不免令人怅然。

逛旧书摊是一种难得的享受。而今在网上购书，即使价格便宜得令人惊讶，却还是没有旧书摊给人的惊喜多——在那里总会与好书相遇或者擦肩而过，这样的乐趣又岂是言语所能形容得了的。有时候，我们只不过是借着淘书的借口，与旧书来一次亲密并带有想象力的接触罢了。

# 猎书小记

## 一

旧书的价格似乎越来越昂贵。有位老兄时常逛书摊，可值得下手的书却越来越少了。“几块钱的书，卖个几十块就有点离谱了。”买书也需要理由，所以，他时常是书市的旁观者，看一看旧书，打发一下时间，和书友聊聊书事，似乎就已足够了。

我却瞎买一气，遇上有几分破旧的小册子，也收入囊中，因不知下次是否还有机会相遇。失之交臂，且不管书的价值如何，对爱书人来说，都是件痛苦的事。

## 二

逛一家郊区的旧书店，发现一些品相不错的辞典要价不过一二十元，有点离谱。看见不少当地人来逛书店，顺便买一些书（价格低于市场价，比打折书似乎还要便宜）。

我打望一眼，虽然也有几册地方文化的书，却没有下手的欲望，当然不是书不够好，而是疑心遭遇盗版书。虽然有人说，现在有的盗版书比正版还要好看，却没必要这样做。再说，一个创作者不带头维护知识产权，似乎也是说不过去的事。

## 三

在旧书摊会遇见林林总总的书册，比如一些发行量很大的书，不少书摊都有，且品相不差，价格却低得吓人。因一时或未来都可能用不上，也就只好舍弃。现在做个藏书家不易，总不能把杂七杂八的书都收罗进来，又不是废品收购站。

爱书人去书市不管早晚，总能遇见一两册心仪的书，这也就足够了。

## 四

某友淘书，喜成套的书，然这类书旧书摊只能偶遇一二，于是网上配书，价格高也不惜成本（成套的书除非刚出版时即下手）。但要遇到适合的书，也实属不易。也有一些书，刚买了一个版本，过一两年又出新版，且推销的宣传语让你不买就觉得过意不去，但咱不是藏书家，只好舍弃。

书之版本，有时还是旧的好，新版固然完美一点，却是少了阅读的新意。

## 五

以往，总觉得自印本价值不大。但有一些自印本却记录历史，这类读物时间越久价值越大。而一些作家的泛泛之谈，或是杂七杂八的内容收拢在一起的自印本，却未必有那么大的阅读价值（好书总是内容为王）。

作为阅读者，是在追求图书的某种价值，此与作者所设想的价值有时重合，有时又没有太多的关联，这种微妙的感觉实在是不好把握的。如今看到有意思的自印本，不妨收入囊中。

## 六

参加读书活动，和作家高仁斌老师住在一起。几年前，得知高老师写过有关富顺（隶属四川自贡）的地方文化作品，很好看，求得签名本《豆花》。

后来，多次在一些不同场合只看到座牌，却没看到人。

这一次终于见到庐山真面，和高老师自然而然地聊起写作，怎样才能经得住时间的考验。至于地方文化的写作，也是很有意思的事，如果换个思路创作，以本版书的方式出版应该也不是难事。

## 七

成都有家旧书店，每每在其网店看到一些用得上的资料，寻到价格都标得很高，动辄数百元，让人望而生畏。

现在的图书只要是稀缺的，总是以高价销售，时常还会遭遇“全网孤本”“孔网孤本”等图书，却不敢轻易下手，除非那本书是急需的。

## 八

前些日子到林文书局，得到一套有关四川江河志的书，这样的书有意思，山川河流可以书写的太多了。只要做个有心人，应该是很多地方都可以写出点什么的。

只是这样的事，倘若没有地方政府予以资金支持，出版社恐怕也难以正常运作。作为写作者有时也不愿做这样的事，因为费时不少、收益却不高。

## 九

旧书的价值需要再认识，它们不只是承载历史，更是给当下以启迪。这段时间因写作的需要经常去淘书，常会淘到与当下所写的人和事有关的书册。这是一种幸运。如果没有这样的挖掘，很多内容可能一直都会是空白。

淘书、阅读，拓展了写作之路的长度。

# 昆明旧书市一瞥

早就在书江湖上听闻，昆明的旧书市场很繁华，不少昆明书友每每在微博上发表淘书见闻，斩获不少，既有旧籍，也有文史趣闻，比如马街，比如张官营，据说都有很不错的书。想来，能亲临现场，在书海中寻觅，也是别样的旅行。

刚好有机会到昆明，自然不可错过。抵达昆明，就在微博上邀约书友去淘旧书，这才得知，马街、张官营的旧书店早已在拆迁的大局下云散，分布昆明的各个角落。

一大早，联系著名影评人内陆飞鱼去淘书。先打车到黄土坡聚集，然后去小屯，小屯有几家旧书店，书店无店名，找来找去，寻到一些有意思的书，虽然都是关于地方历史文化的东西，却令人大开眼界。

一册《老昆明》，见证了城市的沧桑。

一册旧版的摄影集《昆明茶馆》，老照片，老性情，老板要价

15 元，少一分钱也不行。因无法讲价，就想去旁边的书店看看，不承想老板却说，那也是我的店，你不用看了。

在另一家书店遇到一册《缘缘堂随笔》，封面有点旧，上面有不少字迹，只好舍弃。

从小屯出来，两人坐 8 路公交车抵达西站，步行至西站旧货市场。这里的旧书店不多，也就三五家，一架架旧书，随意散落，都没有分类，只能粗粗浏览一下。

在几家书店寻寻觅觅，也得了几册好书。有家书店叫仕鹏书店，老板是按照孔夫子旧书网上的价格来卖，自然高了不少，选了三册书：一册是来新夏的《近三百年人物年谱知见录》，老先生已经过世，得遇旧书，也是一种缘分；一册是《瑶族石刻录》，多有正史不见的史料；还有一册《云南文化艺术词典》，工具性书，只是要价太高了些。

倒是有家令人记忆深刻的书店——书必银书行，陈设豪华，旧书也有很多，看上去犹如银行一般。门口有一副对联：读书不分贵贱有信则灵，生意不在大小有利则成。进去逛了逛，有各种县志，看了下价格，高得离谱。

折返回来，恰好遇到一家书店刚开门，进去看了看，教材教辅居多，想必是书店临近云南师范大学、云南大学的缘故吧。

然后步行穿过云南师范大学校园，这里原是西南联大的旧址，想起先生们曾在这里的日常生活，以及丁文江、汪曾祺那几代学者文人，不由得心向往之。

来到云南大学，顺便逛了家书店，原来有店名，现在没了，卖的既有旧书，也有新著，买了几册关于昆明生活的书，85 折。

还有几册关于地方人口调查实录的小册子，按民族分类，记录一个时期的日常生活，这样的小书也很有意思，顺便选了几种。

吃过午饭，跟内陆飞鱼在云南大学里闲走，太阳很好，随便找个晒太阳的地方坐了坐，居然看见松鼠在树丛间跳跃，别有情趣。随后步行至麦田书店。

麦田书店是昆明著名的独立书店，书店很小，最多十几平方米，书却不少，人文社科的居多。偶尔，书店也有一些印制书，比如《老六的诗》。记得有次在深圳逛旧天堂书店，也遇到几册麦田制作的诗集，很小众，却很可爱。有不少书都想一一拿下，走得腿都打软了，书也越来越重了，只买了一册《云南掌故》。

在昆明淘旧书，应该还有更多的趣闻，而这只是一瞥，总体给人的感觉是，昆明的旧书价格相对成都来说，要高一些。看来在昆明做一个读书人，成本还是蛮高的。倒是时常看到龙美光、内陆飞鱼、张翔武等爱书人的淘书动态，也是让人羡慕的书事。

如此一想，还是生活在成都安逸，既有旧书可淘，又能在书海中探险，这样的乐趣，实在是一种景致了。

# 跟着书吃淘书去

几年前，在西安的八仙庵淘了一回书，所得不多。那一次虽与著名读书人书吃（本名白磊）约着一起淘书，还是觉得意犹未尽。后来，多次到西安，因赶不上淘书的日子，也就几无淘书的可能性。有一次说去淘书，遇见几位朋友，头天晚上喝酒一不小心喝大了，淘书之事也就成了泡影。

在西安淘旧书，有几个地方可去：一是古籍书店，虽为古籍，却以旧书为主，难遇好书。二是朱雀路上的朱雀收藏市场周围的旧书摊。三是八仙庵的旧书摊，周日是八仙庵古玩城旧书集市的开集日。四是淘书公社、博文书店，也有折扣旧书可淘。

周五晚上，跟书吃约定第二天去旧书摊淘书。最近几年外出淘书的兴致虽有，期待却未必多。皆因现在淘书的兴趣有所转移，不再那么胡乱地买书，这种节制，反而令淘书之旅时常有意外的惊喜。

朱雀收藏市场的旧书摊，也不是单纯的旧书市。从陕西体育场西门下了公交车，看见不少人在路边，那是淘旧货的。有一群人围着买古董什么的，但多半不靠谱，几乎不去凑热闹，就少了上当的机会。

书吃尚未到，我在街里大致转了下，感觉一般，书摊夹杂在种种旧货当中，什么陶罐、木雕等等，不一而足。有的书摊只有数十册旧书而已。我折回路边，等书吃到来再一同逛旧书摊。事后证明，西安旧书摊的规模、质量大不如前了。

旧书摊的数量少，且书也并不多。红色读物、历史书册占比较高，我却没有太多兴趣，对历史类的兴趣也大致限定几个范围。其他如饮食文化或者菜谱什么的，常见的也无须在外地购买。

书吃主要研究“文革”历史，只要与此相关的书都不放过。在中国做文化研究，几乎都拥有一部“淘书经”，诸如图书馆、档案馆等提供的资料信息和数量实在有限，相关学者也会到旧书摊去淘书。这恐怕也是耐人寻味的话题吧。

且说在旧书摊上常看见信札、老照片等物件，我甚少涉及，也就不再多去关注。在书摊间浏览，偶见贾平凹年轻时的照片，看说明是某次展览活动拍摄的。也有当地文化风貌的照片，比如街头理发什么的，看上去也很不错。还有花草树木的书，偶尔也会淘上一两册，终极是闲耍，也不用刻意非买下什么不可。

在一家旧书摊，遇见一册《南京古代道路史》，10元。道路所涉及的问题很多，比如景观、生活美学、公共场域，等等，甚至也可以说涉及政治史。但要将这般小历史写得有趣，也大为不易。

书吃所得的书也只有数册而已。我们边淘书边交流各地的书摊境况，总体的感觉，在大城市淘到（中意的）好书概率大大降低，倒是在小县城可能会遇到有意思的书。

中午，就在附近吃上一碗刀削面，足矣。刚好，爱书人理洵兄约了几个朋友喝下午茶，就在这附近，也算是淘书的余韵了吧。

关中大书房在小寨的时候，我去过多次，当然少不了与书吃、崔文川、柯林、吕浩、朱艳坤等师友聚会。在书店的二楼，一度也有旧书陈列，书价不高，我也淘到一些好书，更是以几元一套的价格淘到过许多艺术明信片（后来，我也在石家庄的晴朗文艺书店遇到过类似的明信片）。

这样的事，如今回忆起来，甚是美好。

# 青白江花鸟市场淘书

曾到成都青白江花鸟市场淘过两回书，意犹未尽，旧书摊总是给人些许期待。这里的旧书摊不仅有青白江的摊主，还有新都、金堂的摊主，也算是一个旧书的集散地。

这次到青白江参加一个文学活动，想先去淘淘书，于是约上杜均、王国平一起前往。在成都东站乘坐 C2604 次车，17 分钟即抵达青白江东站，再转乘 Q6 次公交车到丽景湾下车，其背后就是青白江花鸟市场。

“买一盆回去也很安逸。”王国平看到街边卖小型盆景的，忍不住边拍照边感叹道。

穿过人群，沿着河边走过几条横街，就看见几家旧书摊。我寻见一册《双珠颂》，是都江堰青城山申遗时征集的楹联选，这本书的持有者为李工者（扉页有作者收到此书的记录）。像这样的旧书，也算地方资料之一种了。

书摊上的书不算特别多。杜均看中了几册书，以为价格不低，可一册不过三五元。

我又选中两册书：《蜀都新星青白江》，此册是“可爱的家乡”丛书系列之一，也是一册乡土教材，陈锦文、王道铣、袁玉林主编，四川大学出版社，1992年8月出版；另一册是《青白江文史资料》第十辑，是青白江区政协成立10周年专辑，书前有藏家记录，2000年11月8日购于青白江花鸟市场旧书摊，一元。真巧，今天也是在这个市场遇到的。书摊主见我买了两册青白江的书，又推荐了《青白江文化遗产览胜》，此册系青白江文史资料第十六辑。一册在手，可尽览青白江文化遗产。

有的书摊看上去书不错，可一时用不上，也就作罢。当然，这里珍本不多见，要找乡土资料还是相对容易一点儿的。

在另一家书摊，遇见马瑛主编的《灵山秀水：虹口》，系都江堰虹口乡的介绍，汶川地震以后出版的。问国平，他已有这册书，遂取下。

又见一册青白江人陈明生的诗集《东林吟怀》，作者字东林，号清白闲人，1926年出生，系青白江区姚渡乡人，四川大学毕业，曾任温江地区氮肥厂、成都化肥厂厂长、党委书记。这是一册签名本，书前有赵振铎的序言，叙述自己学诗的经历。诗里有一些乡土内容的书写，这样的诗集很小众。

老刘的书摊是我们逛的最后一家，这里有一些作家的签名本，翻翻内容，兴趣不大。王国平看见一册《辛笛诗稿》，品相不错，这样的书应该价格会高一些吧。询价，不过三元钱，简直像是捡到了宝。我选了册《新华书店五十春秋》，“书店主题”也是我关注的一个话题，故收入囊中。

在淘书时，居然遇见了敏智斋书店的白新老师，自然是惊喜。他现在网上贩书，做得还不错。本来计划有空去他的书店看一看，却一直未曾如愿。

白老师经常去彭州，故询问在彭州是否有旧书摊之类的，告知仅在北街有一家旧书店，下周去彭州时可以去看一看。成都各区县有旧书店（摊）的已经不多了。

告别这些旧书摊，几个人向青白江博物馆进发，在那里也许会相遇更为厚重的青白江文化遗迹吧。

# 跟着韦泱淘书去

看过藏书家韦泱、虎闱、李福眠等诸先生在上海淘书的逸闻趣事，真是有味道。可惜每次去上海，都没有这样的机缘，真是遗憾。

得知民间读书年会在上海举办，且第二天一早有书可淘，于是提前一天赶到上海，下午跟韦泱、安武林、董宁文等几位师友闲聊。韦泱说，明天一早六点半，我来接。起初，以为是约人拜访上海的文化老人，不好意思说同行的话。吃晚饭时，才知道是约着去淘书。刚刚赶来的罗文华、王振良等几位爱书人纷纷加盟进来，南京的藏书家薛冰也特意赶过来一起淘书。这一下淘书大军简直是盛况空前。

韦泱曾出版过一册《跟韦泱淘书去》（上海远东出版社，2009年10月出版），这次的淘书正是这本书的实践版。

且说第二天一早，天还没有完全亮，早饭尚未吃，七八个人已经坐在酒店大堂等韦泱带着去淘书了。他一到，众人分乘两辆出租车，直奔灵石路。

灵石路有个古玩市场，名曰聚奇城。众人下车坐电梯来到三楼，舍弃古玩摊，直奔旧书摊。书摊上倒是有不少旧书，我先闲逛起来，看看书的价格再说。一册名不见经传的画册，要价一毛，还以为是一毛钱就可以拿下，却不料这是百元人民币的行话。看这阵势，买不了几册书，自不敢轻易下手，且作为一位围观者也好。

有些民国旧报纸、旧杂志，要价亦不菲，何况对历史考证的繁琐总有些畏惧（毕竟不是科班出身），随意看看，倒也可以涨不少见识。有老旧的笔记本，记着若干页日记，要价也是10元20元，更不要说签名本之类的书了。

原来说好9点钟在聚奇城楼下集合，再去另一个地方。可到了9点钟，尚未见人下楼，又等了半个小时，才见众人提着大小口袋下楼来。早饭就在古玩市场门口的一家面馆解决了。

吃完早饭，众人又浩浩荡荡地奔向另一个聚奇城，也就是古玩市场的二期。但这里的商业尚不成气候，几家书店也没多少可观的地方。倒是走进海燕书店，看到林林总总的旧书，众人好像见了食物的饿狼，眼睛几乎放出光来。

海燕书店是藏书家瞿永发与朋友合开的书店，新文学书刊、民国版本都能一见。众人在书架间巡游，安武林爬上板凳看最高层的书，憨态可掬。我没加入淘书的行列，而是在一旁听老板闲话书人书事，多少年前的陈旧往事，听来新鲜，有趣也有味。

老板说起在20世纪八九十年代淘书，书好价格又不贵，仅是民国旧期刊配成套的就有好多种，各种民国版本的旧书也卖得极廉。下手早，也就聚集了大量的好书。

喝茶的喝茶，淘书的淘书。来自株洲的舒凡为当地的旧书店配书，收了几千元的书，真是豪举。说来这淘书，未必在乎是否淘到珍本秘籍，而是在于淘书的过程，享受与书相亲相近的美好时光。

跟着韦泱淘书去，这样的经历真的很难得。以前看他人跟着名人淘书，只有羡慕的份，而真正淘书时，情感又复杂了许多，生怕淘到一册一般的书却花了大价钱……

此次淘书团共有八人参加，如果绘成一幅图，那也是极有意思的，不妨取名“淘书八俊图”吧。

# 跟由国庆去淘书

读淘书记，总觉得是件快乐的事。天津的旧书市早已闻名，时常看见由国庆、徐凤文两位淘书大咖在微博上写淘书记，很是精彩。于是，就想跟着他们也去淘一回书。

事先跟国庆商量淘书的地点、时间，他说先去踩点，别提前告知书摊，以免坐地起价，那就缺少淘书的趣味了。

抵达天津后，国庆来旅馆看望，聊聊书事，闲话淘书，决定周六一大早就去古文化街淘书，虽然时间可能不够充裕，也未必有多大收获，好在总有个机会走一走看一看。

其实，这几年的读书年会都有淘书的去处，只是有时要参加年会的活动，又要去淘书，难免顾此失彼，只能见缝插针地淘书，即便这样也是各有斩获。

现在藏书不是容易的事，藏书对不少爱书的工薪阶层来说也是个问题。于是淘书也就不敢过分奢侈地下手，生怕一不小心就把家里堆得满坑满谷。所谓淘书，就是淘一些以后与写作或阅读相关的书。如此淘法当然是挂一漏万，哪里算得上真正的淘书呢？

周六一大早，约了谭宗远、冯传友、夏春锦、周音莹一同去淘书，国庆早早地就到了旅馆。6点40分集合，刚好看见童银舫、励双杰两位坐车归来，本来计划一起去淘书的陈克希先生，因他们说“你看不上这里的书”而作罢。陈先生中意的是线装古籍或民国旧版书的，自然觉得不够过瘾。很显然，大家的淘书趣味与陈先生不在一个量级。

打车，去古文化街淘书。旅馆距离此地不算远，也许是到得早了些，大多数的店铺尚未开门，颇为空旷。国庆办公的地方就在附近，淘书多有便利，谁家的书如何，他门儿清。

据说天津旧书市周六早7点开门，至中午结束。周日也是如此，只是规模上不如周六罢了。

书市店铺开门后，看见卢礼阳、方韶毅两位在书摊间溜达，似所获不多。后又遇到毛边书局傅天斌，开旧书店兼做藏书，自然收获得丰富一些。大家打一声招呼，再次各自埋头去淘书。

这个旧书市的规模看上去很大，却大多是小摊，不像成都送仙桥那般有规模，地摊上摆放的书册，无须翻检，已是一览无余。这样走马观花式的浏览当然难以淘到好书。

在书摊前走来走去，却没寻见一册对脾气的书（历史、文史当然有兴趣看一看，却因无过多研究，不好下手）。如此转了半圈，只淘得一册《面食谱》。

国庆在一家书摊前为几页老广告痴迷。他是老广告研究专家，自然懂得这些价值。老板看他是识货的主儿，就忍不住涨价。好在，几番讨价还价之后得以成交。国庆后来说，这几张老广告真是好，以前难以见到。所以，他一见好东西就挪不动脚步了，真正的淘书人大致都是如此情态吧。

眼看着时间已到 8 点，又打车回了旅馆。天津天亮得早，却难以寻见街头的小吃摊，只好跑回旅馆吃早餐了。

# 津门淘书小记

津门向来是文化繁荣之地，民间文化尤为兴盛，其中最有特色的是书文化。我读《七十二沽书脉长》时才知，民国至今，不少爱书人都在津门旧书摊流连，收获着种种喜悦。2015 年，趁全国民间读书年会在天津举办的机会，过了一把淘书瘾。

最近，参加成都市文联代表团一次采风活动，途经天津，自然不可错过难得的淘书之旅，上次是在古文化街淘书，这次则是在海河边的狮子林桥头。

话说周六早上 5 点许，约上成都诗人王国平一起打车逛旧书摊。到了狮子林桥头停下，却不见旧书摊的身影，疑心是否找错地方了。

再下到河堤，见有一二书摊。数量不多，有的地方被一些横幅之类的占了位置，大约摊主尚未抵达，只是事先占位置吧。

开始淘书。

流连于旧书摊间，见一熟悉身影，随即打声招呼，原来是作家徐凤文兄。他每个周六都在朋友圈晒淘书的成果，让人羡慕不已。早前我询问旧书摊的情况，凤文兄告之才有了对天津旧书摊的大体了解。

随后，“先转转吧”，就此别过。

在旧书摊间东看西看，因之前给自己定下了淘书法则：与自己兴趣、写作有关的书才拿下。即便如此，也有不少书似乎“不容错过”而“被迫拿下”。稍后，老广告研究专家由国庆兄也赶了过来，他是旧书摊的常客，不少摊贩跟他很熟悉，不时打一声招呼，可见天津旧书摊与读者之间也是多有互动的。

逛了几个书摊，国庆兄就在一堆旧地图中发现一张成都公共汽车路线图，是 1959 年出版的，大约是成都公共汽车公司为方便成都人出行而印制的导览图。虽是一张简图，却可看出成都街巷的变迁，值得一提的是，有的街巷名简化了，如八宝街简化为八宝，今天的黄田坝已改为皇天坝，且图的背面还有成都公共汽车的路线、票价、业务项目、长途客车路线图等信息，由此可知当年的成都公共交通概况，自然是意外之喜了。

此次淘书得书如下：

《北京小吃》，天津科学技术出版社，1980 年出版，由北京新胜利小吃店（原南来顺饭庄）提供材料编辑而成的一册书。编者说，除部分是外地风味小吃外，其余全是北京过去和现在经营的面食小吃。但这也是几近 40 年前的旧事了。

《北京美味斋菜谱》，中国旅游出版社，1984 年出版。北京美味斋是上海美味斋在 1956 年支援北京开的，由厨师王柏春和王文桥编著，自然得之于实践，味道好不好，不能只纸上谈“食”，更重要的是吃起来舒服。

《福建菜谱》，福建科学技术出版社，1980 年出版，是福州市饮食公司主编的书，闽菜是八大菜系之一，虽未曾品尝过，但读菜谱，从中大致可以看出福州的美食流变。

《茶通》，尹桂茂主编，天津科技翻译出版公司，1989 年出版。这是本关于天津茶业方面的书，不仅有茶文化的介绍，还附有天津的茶庄，我没有去查证有多少店还在营业，但由书中提供的信息可以判断出天津人的饮茶习惯和风俗。

《家庭盆景制作》，汪彝鼎编著，辽宁科学技术出版社，2003 年出版。近年来玩盆景的人越来越多，读来不仅是一种清赏，还带有园林式的趣味。在成都逛公园，常常遇见盆景，但说了解，还是最近的事。想一想，如今的文人书房多矣，但像盆景、插花这类案头小品似乎关注的还不是很多。

除这几册书之外，还淘到一册上海红学家魏绍昌的《浦江漫笔》，乃“艺苑掌故”丛书之一。其中有关于巴金《随想录》的篇章，也有赵丹、新凤霞等人的绘画介绍。我平时爱读掌故类的书，纯属业余喜好，但好看的掌故也难得。民俗这几年引人关注，早在 1983 年中国民俗学会成立时，就编有会刊。在旧书摊上，我还巧遇该会刊的第二期和第三期。

在津门淘书，不只是简单地买几册书，也是书友相聚的好机会。淘书过程中，遇到学者倪斯霆、侯福志、万鲁建等师友，大家分享淘书心得，甚至写作动向，格外有趣。王振良兄带来了一套“书香天津”文丛，包括《头等好事还是读书》《七十二沽书脉长》《寄往童年的风筝》《开向童年的地铁》。这次无疑是另一场书香雅集了。

有时，我们爱淘书，不正是爱这种琐细而有趣的点滴故事吗？虽是小喜悦，但能体现出一地的文化风韵。

# 包头得书录

到包头淘书纯属偶然。

2016年7月，第十四届全国民间读书年会在张掖召开。参加完活动之后，几位朋友约着去包头走一走，“顺便淘淘书”。可是到临行时只有我和冯传友兄。

22日下午两点钟，和传友兄去张掖火车站坐车，搭乘K42次过去，第二天一早抵达了目的地——包头。

早饭后，和传友兄聊天才得知包头周六也有旧书摊出摊，在东方明珠古玩市场里面，有10余家旧书摊，此地距离传友兄家极近。

到了地方发现，这里的书摊虽不是很多，但也有一些有意思的书。因最近计划写一写盆景或插花之类的书，也就较为留意这方面的书，并淘到了两册相关的书：

《菊花栽培》，薛守纪编著，中国林业出版社，1982年12月第 2 次印刷。《实用插花艺术》，胡纪衡、胡玉雁等编译，高等教育出版社，1992 年 8 月出版。

这几家书摊老板和传友兄都很熟悉，边淘书边聊天，如此淘书不仅可以得书，也可大略知晓包头旧书业的情况。有家书摊老板特意赠了一册《千年风云第一人：世界名人眼中的成吉思汗》，巴拉吉尼玛、额尔敦扎布、张继霞编，民族出版社，2004 年 7 月第 2 版。读这本书，对成吉思汗有了更全面的了解。

除了旧书摊，包头还有旧书店。记得在《中国旧书店》一书里，传友兄曾写过一家名为“木林”的旧书店：

> 在我工作单位不远的呼得木林大街二附院南墙外，有一家很不起眼的门脸——木林旧书店，我去的次数虽然不多，但是买书却不少，每次去都是满载而归。

那天上午，传友兄和我沿着劳动公园走了小半圈，出东门，向北过路口不远，就到了这家木林书店。为何叫“木林”？原来它面临的这条大街叫“呼得木林大街”。呼得木林，蒙古语，劳动的意思，翻译成汉语，就是劳动大街。

木林书店面积大概有五六十平方米，书的品种不少，看上去多数像是库存书。在书店内随性观书，也随意淘了几册书：

《川人茶事》，陈锦著，四川人民出版社，2010 年 4 月出版。陈锦拍摄的四川茶铺照片，独特而极具味道。之前未曾留意过这方面的书，后来留意到了，却难以遇到中意的书。这次巧遇此书，顺便取下。

《北宋文人入蜀诗研究》，伍联群著，巴蜀书社，2010年8月出版。这样的专题图书，不记得在成都的旧书摊是否遇到过，在包头偶遇，也算缘分，遂拿下此册。

《訄雅》，清　寂园叟著，杜斌校注，山东画报出版社，2010年10月出版。这类的专业书，闲看也是好的。

传友兄淘书比我豪放许多。即便是在这家书店，也选了好几册书。这也是爱书人过旧书店必买书的做法。

在包头还曾有一家夫子古旧书店，店主张枫爱书。谭宗远、韩三洲、萧金鉴、李传新、张阿泉、阿滢等师友都曾来此淘过书，且收获颇丰，读他们的“淘书记”可领略书风景了。可惜的是，我到包头的时候，这家书店已经歇业。

还好，后来有幸逛了逛当地的独立书店——留神书店。虽然在包头的淘书之旅是匆忙的，却还是有所斩获，故而也是值得纪念的访书之旅了。

# 湘江边的旧书摊

## 一

一个城市没有书店、没有旧书摊，对爱书人来说是寂寞的。

2011 年 6 月 15 日，“书友会”第一次在株洲河西的湘江堤岸上摆摊，只有 6 个人，后来搬迁到火车头广场附近的堤岸上，最后搬迁到湘江沙滩边。舒凡是主持者，从那以后，旧书摊几乎每周二亮相，已成为湘江边的新风景。

舒凡主编的《湘江边的旧书摊》由此而诞生，一份 8 开的小报，四个版面，凝聚了湘江边的旧书摊，把他们的风姿一一展现出来。书人书事更是少不得，由此认识了宋林云（网名麻袋贩书）、兰祁峰等众多的书友，还遇见了天涯书友书度年华。

通过两三年的发展，湘江边的旧书摊已有近 60 个摊位，整齐地摆放着琳琅满目的古旧图书，一直延伸至二三百米外。此处旧书摊的动态在媒体上也时有报道。说到底，这书人书情最能惹人心动，特别是遇见中意的好书……有时，我们逛旧书摊，就是享受那种淘书的情趣。

倘若不是这份《湘江边的旧书摊》小报，恐怕很多外地爱书人无法了解到株洲的旧书业。毕竟在湖南，谈文化传统、讲名人故事，许多地方都比株洲更有资历更有背景，但因为旧书摊，让人对株洲多了一种文化的理解。倘若有时间，真该跟着《湘江边的旧书摊》去走访一回。

这份报纸虽是不定期出版，却涵盖了株洲的文化交流、讲座、旧书摊等内容，甚至连外地的书友也在报上亮相，不仅如此，报纸还依托株洲新闻网的“书友会”论坛组织线上活动，如此结合互动，既有声势又能惠及当地读者，也成就了株洲的一道人文风景线。

## 二

2011 年 6 月 28 日，时任株洲市委副书记、市长阳卫国明确提出“要向法国巴黎塞纳河边上的旧书摊学习”，并要求“株洲的旧书摊也要常规化，摆出名气来才好”。这或许给湘江边的旧书摊以更多的动力。

有几年株洲做全民阅读活动，我也应邀参加，故对这里的旧书摊印象深刻。

我还记得 2014 年 10 月株洲第十二届全国民间读书年会期间，除了在会场外面摆的书摊，还在湘江边看到了更多的旧书摊。这样的游逛，真是一种别样的体验。

来自内蒙古的张阿泉在旧书摊前巡游，仔细地挑选，一不小心成了旧书摊的“大客户”。我淘书却很节制，只有中意的书才肯下手，即便是如此，还是选了十余册旧书。

大概每个爱书人在旧书摊遇见喜欢的书，只要价格合理，没有不心动的道理。以我的经验，在湘江边的淘书是愉悦的。

2004年，宋林云在孔夫子旧书网上开店，店名叫“读者书屋”，是株洲名气最大的旧书店。有了湘江边的旧书摊后，他也成了主力军。2010年年底，他把10多平方米的旧书屋扩展到60多平方米。目前，虽然书屋每个月的利润不高，但还能勉强支撑老板一家三口的生活。

张掖市图书馆馆长黄岳年曾回忆他的淘书历程：

> 年会结束后的10月26日晚上，我和阿泉、杨梅、叶梅一起逛书摊的时候，又见到了宋林云的母亲。我看好了两本书，递过去50元钱，原是想弥补一下昨天赠书的亏欠，孰料老人家着急了，赶着说送书是送书，买书是买书，多少钱就多少钱，愣是把钱退了回来。

像这样逛旧书摊的经历，好像每个人都有遇到。可见株洲的书友情深，哪怕是摆旧书摊，也让爱书人有了暖意。

正因如此，之后株洲连续两次举办旧书展，成为中国旧书业中的大事件。株洲文化名人聂鑫森先生在逛了旧书摊之后，写下这样一首七律《夜访株洲湘江风光带旧书摊》：

> 江涛如鼓月映灯，十里长堤树作棚。

人影缠绵书卷重，友声唱和暑风轻。
马肥夜草征程短，家有旧藏气韵清。
老眼未昏犹识宝，且搜珍本补箱空。

令很多人没有想到的是，湘江边的旧书摊，不只是吸引了本地爱书人，还有吸引了来自全国各地的爱书人，各地书友时常约在这里淘书。2015 年，“湘江边的旧书摊”还获评首届“书香湖南”全民阅读品牌示范项目。

卷四

# 猎书记

# 手边的题赠本

大凡热爱书的人，无不想着得到一本心仪作者的签名书。我也不例外，但这样的机遇总是非常难得的。在我的藏书里面，不过是极其微小的一部分，毕竟与作者相隔着距离，要实现这个梦想也颇为不易。好在，有一个捷径是在冷摊邂逅他们的题赠本，也是一件幸运的事情吧。

淘到题赠本的经历可真算得上是五花八门，但不外乎是在旧书堆中淘来淘去，雅一点儿的说法是，旧书丛中觅宝藏。

有一次，去冷摊闲逛，不承想发现了张新泉先生题赠别人的诗集《人生在世》（花城出版社，1992 年 8 月出版），自是惊喜非常。之后，我又在书店淘到了一册他早期的诗集，同样是题赠本。这样的例子实在是不少的，比如有次在送仙桥，买了册白航送给木斧的诗集《蓝色幽默》（成都出版社，1994 年 10 月出版），不知道怎么流落到地摊上了，他们的诗歌是读过的，赶紧拿下。打开居然发现书里有白航手写的一首打油诗，大概没收在什么集子里，可能算是一首“佚诗”了吧。从诗中，可以看出他们的关系亲密，连赠书都不忘开玩笑的。这样的巧事，现在不多了，想来，也是有趣的事。

像这样淘到诗人的题赠本的机会还是很多的，大抵是因诗歌在我们的日常生活中变得可有可无吧，有没有一册也影响不了一个人的精神世界。

因时常参加一些活动的缘故，认识的人不算少，其中有一些是专事写作的。他们的书，有些是我在旧书摊上寻来的，以前想找他们讨一册签名本，好似不劳而获，也不大好张口，即便张口，可能因为手边没多余的书，也是无法相赠的，不免令人遗憾。好在还有一个渠道——从旧书摊上得来，至于什么时候能遇到，那就要看运气了。

说起来，我所遇到的一些题赠本，也不是多么珍贵的本子，不过是因为个人喜好，收藏而已。某次，又去旧书店，看到一些作者的题赠本，但接收的人把名字用剪刀一一剪去，只留一些边角在。刚好有一大堆旧书都是类似的，就在书店浏览了一下，也无头绪，只好不取，回来后，又想着先拿下再说，于是匆匆地赶回去。不承想，那些书已被人买下了。想不清楚是书的主人发现这样处理图书不妥，还是被喜好书的人买下了呢？这都是无关紧要的闲话，以后再遇到这样的书一定拿下，其实与一般的书相比也多花不了多少银子的。

每次去旧书摊，多少都会有些发现的，要么是喜欢的书，要么是作者的题赠本，极少空手而归。大约是我对书的要求不高，只要适合阅读即可。有时，看见熟悉的作者送给别人的题赠本，总怕它们再次流落到旧书摊，照例是拿下，且不管费钱几何。这样的“书痴”大概是不多的，藏书家也许会有这样的习惯。

尽管读书是私事，书的好坏还是决定了一个人的读书结果。在我，书好自然好，若是不好的本子，能遇到一册作者的题赠本，也是非常难得的事。

# 路边的诗集

四川的诗人在全国是出了名的。以前是，现在也是。生活在成都这样的城市里，最大的好处是，可以常常读到一些优秀的诗。

大概因为诗人众多的缘故，每个旧书摊都少不了一些诗集，哪怕是卖盗版书的书摊。于是，每次路过旧书摊，看到这样或那样的诗集，总不妨要买几本的。

诗人是贫穷的。所以，那些自费印刷的诗集，多少都是花了些许银子的，你买吧，他肯定不同意，送书吧，也是很奢侈的事。于是，求救于旧书摊，好在，这些书大多是少有人看的，因此常常以较低的价格拿下。

虽然如此，到底是不怎么爽的事情，毕竟对作者了无贡献可言。

成都许多诗人的自印本诗集就是这样得来的。比如，有次在大慈寺喝茶，顺便逛了下旁边的旧书摊，就买下了好几种签名本的诗集。这样的事，多少是不值得夸耀的。如此这般地陆续买下了诸如流沙河、王尔碑、孙静轩的旧诗集，不知道他们的人，看到这样薄薄的诗集，不过百十来页，也没多少兴趣读下去的吧。

现在，诗歌差不多成了典型的庙堂文学，只是诗友之间互相欣赏。对一个热爱诗歌的人来说，正是大量收诗集的时候，大有当年郑振铎收古版旧书的气魄了。不过，也实在是看到这样的诗集流落街头，多少有些于心不忍罢了，哪里谈得上什么风骨高雅。

在马鞍路一带，有好几家旧书店，兼卖丧葬用品，偶尔去了一次，收罗一堆诗集回来，随后就隔三岔五地过去，基本不会有什么失望的。在那里，我陆续买了大约百余种诗集，大有不管好坏先拿下再说的气魄。

记得有一次，我买了册芒克的诗集，刚好他到成都，于是请他签名，却未曾想是一册盗版书，弄得颇有些尴尬。自那以后，即使在旧书摊买了诗集，断断是不敢把书拿给作者签名的。

作家赵丽宏曾记述一段往事：他在上海旧书店淘书时，偶然间发现了绿色封面的泰戈尔诗集《飞鸟集》(他原有一本的，但是当年被红卫兵给烧掉了)，如获至宝。正当他的手快拿到那本书时，另一只手同时也伸向了那本书，那是一只小巧可爱的手。两只手同时去拿一本书，他看见对方是一位十二三岁的小姑娘（其实，那时候他也不过 17 岁），穿着一件连衣裙，衣服上有一朵朵淡淡的小花。两个人僵持了一会儿，最后还是那个小姑娘松开了手，说道：“这本书我不要了，让给你好了。”这时赵丽宏也谦让道：“没关系，我不要了，给你吧。”但小姑娘说自己家里还有一本，于是蹦蹦跳跳地离开了书店。

赵丽宏动情地说，小姑娘的面容和背影，他一辈子都不会忘记的。之后，不管在大街上还是在大学校园，他都希望能再次与她邂逅。

这等事，我从来没有遇到过。是不是现在的诗歌越来越让人看不懂了，还是别的什么缘故呢？且不管这许多事，只把喜欢的诗集带回来，闲暇时读上那么一首，不论是陶冶性情，还是追求高雅。

记得有句话说，诗意从生活开始。对此，我深信不已。

# 路遇毛姆

毛姆常常出来散步。遇见他实在是件很容易的事，但那个时候，很少有人知道他，因为对于小说家，人们天然缺乏一种了解。

我那天从一条路上走过，看见了他。他没在散步，而是在旧书店之中。他身材矮小，且严重口吃，当我对他说，我喜欢他的书时，他却很谦虚地说："我只不过是二流作家中排在前面的一个。"看一看，这样的作家是无法不令人喜爱的。

不错，想当年，我阅读过毛姆的一些书，比如《人类的枷锁》《寻欢作乐》，令人喜欢不已，当然是他那俏皮的表达，让人想起成都街头的生活场景，那样的对白舒服、随意、漂亮，幽默而不乏风趣，但也不是刻意而为，因而，他才被人们称为毛姆叔叔的吧。

在我迷上毛姆之后的那段日子里，刚好陆续有一些他的书出版，让我很是喜欢了一阵，不管是《在中国屏风上》，还是《佛罗伦斯月光下》，都有不同的发现。当然，这些书不过是他的一个侧面，无论如何，看了这些就想给他下一个结论是很危险的事。毕竟，他的小说、戏剧都有不同的特点，不是一个词语、一句话概括得了的。

于是，我一有空就朝书店里跑，特别是《剧院风情》《克雷杜克夫人》《啼笑皆非》，怎么都不找到完好的本子，也就只能向往他的戏剧风采了。而更值得说一说的是《月亮与六便士》和《刀锋》，可惜也许是出版时间过久，连图书馆收藏的版本也不多，而不少网上书店更是将价格炒得离谱，只好期望新版本的出现，聊备于无了吧。

这样的想法，当然是基于好的本子都被爱书家收藏了起来，偶尔流落到旧书市，亦是难得一见。

那次在旧书店遇到一册《月亮与六便士》，便有一种惊艳的感觉。尽管它看上去毫不起眼，蒙上了一层灰尘，赶紧拿下，宝贝似的。就如同他的一个短篇小说《宝贝》，那个宝贝是个女佣，女佣家政事务无所不通，甚至能为男主人选择搭配每天要穿的衣服，忠诚、善解人意、分寸感极强，令男主人深为满意。男主人所有的单身汉朋友都说他得到了一个宝贝……当然，这不过是不同的寓意罢了，但这样的故事在毛姆写来，却是别有一番风情在的。《刀锋》更是无从得见，不由得令人心焦得紧。

后来，这两本书都有了新版本的出现。在书店遇到，赶紧买下，但翻开一看，那些文字密密麻麻地排列组合在一起，视觉极不舒朗，也就缺乏阅读的兴趣了。只好像充数似的，把他们插入那些毛姆名下的书架中，不知道什么时候会读一下了。

# 早市的魅力与狂欢

周末一大早，赶到杜甫草堂的旧书市场，书摊少说也几十上百家吧，书迷称之为早市。

到书市的时候，天还不甚亮，但在五楼的书市里，已经密密麻麻地来了许多人，全是淘书的，这阵势看上去挺吓人的，他们或站或蹲，翻看着心爱的书，人多但不喧哗，犹如在一家公共图书馆。

天渐渐地大亮了。淘到好书的人纷纷离去，又有另外的一拨人涌进来——他们像我一样比较懒散，总不乐意起个大早来淘书，哪怕好书都被别人淘了去。而在这一天，就好像日课一样，不得不来一趟，就怕有什么遗憾吧。在别人眼里，算是捡漏的人了。

这样的经历从几年前就开始了。对书迷而言，淘到一册好书，一天都是快乐的，无他，就是因为喜欢书嘛。好在每次出发都不一定抱有太大的希望，毕竟是捡漏，期望值越高，也许失望值就会越大，基于这个道理，任性一点也无妨。

虽然如此，看着某人“抢”到一本好书，还是不由得眼热起来。说“抢”也许有点夸张，不过是看准下手得早、下手得快而已，但这也是蛮有趣的事情。两人说不定会由此起了争执，但绝不会竞价买书，那样只会令老板在一旁大笑不已的。更何况，旁边的书迷早把他们劝开了：“都是读书人嘛，为一本书吵架值得吗？”一句话听得人面红耳赤。

这样的事情就是早市里的一段小插曲。有一次，我去晚了，但偌大的书市还是有不少人。我沿着旧书摊挨个溜达，好书早被别人淘得差不多了，也许要空手而回了吧。结果，遇到了好几种民刊，《日记报》《读书人》什么的，当然没有什么人和我抢，因为这不过是民刊而已，其价值有多高说不上，只因个人兴趣和爱好才拿下的。

值得一提的是，有一次遇到一套“读书文丛”，老板先是要价很高：“都是很好的版本嘛。”我说：“太贵了。”老板也不相让，连说董桥、冯亦代、丁聪、王佐良等名字，以及最早的版本，怎么都值这个价，更不消说以后普通书市上是否还能遇到它们。后来，冉云飞兄看到了，连忙打着圆场说：“哎呀，都是老相识嘛，少一点吧。”老板没说什么算是应允，我生怕老板反悔，赶紧付钱、拿书。这样的动作简直是一气呵成。现在想来，实在是赶早市再微小不过的趣事，但回想起来还能让人乐呵半天呢。

每次进出旧书早市，都会有一番感慨。最近一直在说，早市要换地方了，不知道换了地方以后，书迷是否还能像现在一样在书海中狂欢。也许，那会是另外的一番景象吧。但愿以后，还有个淘书的去处，给书迷留下一个念想。

# 邂逅米兰·昆德拉

那是很多年前的一个黄昏，我吃过晚饭，闲着没事出去散步。路边有家录像厅，可能在放一部武打片，声音不时地传出来，我路过时向里面张望了一眼，看见一些男人坐在一张张竹椅上，旁边是一杯一块钱的茶水。那是一群下班后闲得无聊的打工人。

我继续向前溜达，来到一座小桥上，桥下没有水流花静，干涸的河床像某篇散文里的譬喻。然后，我看到那里摆了个地摊，其实也不算一个地摊，而是连着有好几个地摊，有卖书的，有卖小吃的，总之有些杂乱无序。对于小吃我是没有兴趣的，于是走到了书摊前。

书摊上摆着一些旧杂志，码得很整齐，五毛或一块钱一本，有《知音》《家庭》什么的，有人蹲在那儿挑杂志。我也蹲下来，看到一叠《希望》，有朋友的名字，我想买下来，等他成名后，说不定可以掌握一些所谓的逸闻，当然也有可能发一笔小财。

在杂志的旁边，胡乱地放着一些书，有金庸作品集、余秋雨作品集什么的。在另外一边，我发现几个诗人的诗集，上面有诗人的签名，都是送给朋友的书。我随意翻了翻，正在失望之余，在乱书丛中，发现了一册《傅雷家书》，我翻了翻，居然是初版本，在《傅雷家书》的旁边还有一册米兰·昆德拉的小说《笑忘录》。

米兰·昆德拉，我是知道的，因为我有个同学就是他的“粉丝”，对他喜欢得不得了，一见有他名字的文章或书，就非买下来不可。受同学的影响，多多少少也在书店里看过他的小说。

拿着两本封皮有些脏的书，问老板。五块，这都是名著。我说，这么脏的书，谁买啊？他说，那四块吧。我说，我是经常买书的，就这样的书，两块。老板说，再怎么着，也不能一块钱一本，我一本杂志就卖一块钱。我把书丢下，假意准备离开。老板说，算了，两块就两块吧。我拿起书，拍了拍上面的灰尘，递给老板两块钱，然后，暗自得意地走开。要知道，这书虽看上去有些破旧，但不过是蒙了一层灰尘而已。

我又在别的摊子前转了转，但什么也没有买到。干脆回家去，反正有两本书可以看。再从录像厅路过的时候，里面依然是此起彼伏的打斗声。

回到家，我用湿布把书擦拭了一下，看上去还算过得去。我先翻了翻《傅雷家书》，没有读进去，里面的议论太多了，让人消受不了。于是，看起了《笑忘录》。

就这样，我开启了米兰·昆德拉的阅读，那种感觉是微妙而又奇特的。后来，我又陆续读了他的一些书，可是，我都找不到那种感觉了。如若不是那个黄昏，巧遇米兰·昆德拉，我想在另外一个场合遇到，都不会有这样的经历与感受。

正如来自布拉格的卡夫卡说的“布拉格是个没有记忆的城市”一样，那个黄昏也是没有记忆的。

# 相遇洛尔迦

有段时间，逛旧书摊或旧书店，不看貌似盗版的名作，也不看鲁迅的书，偏偏只对薄薄的小册子，100 多页，甚至几十页的册子有兴趣。原因无他，这类书较少有人关注，爱书家干脆直接寻某某的书，自然对其他的册子不太在意。一般读者也会“不经意地”予以忽略，且这类书价格都很相宜。那时候，《文史知识》《小说月报》《读书》《龙门阵》等这类旧期刊也买了不少。

某次逛旧书摊，遇见了旧版的“城市人”系列，记得有肖复兴的《北京人》、林文询的《成都人》，几种书都很薄，当然没有后来出版的书那般丰富和华丽，尽管如此，看着这个系列的三次变化，大致可看出不同的时代对城市人的理解差异。

相遇《洛尔迦诗选》（陈光孚译本）也是如此。某天在一家旧书店的角落，翻开一叠小册子，大多是杂七杂八的书，看上去价值不高，忽然翻到几册诗集，于是赶紧拿下。我不记得那时候是否听说过洛尔迦的诗名，只是觉得诗集在旧书摊上买的人不多（对诗有兴趣的人才会多关注一些），与其错过，不如拿下。拿回来之后阅读诗集，蛮喜欢诗里的味道。

洛尔迦的诗有多个译本，如戴望舒、马岱良、董继平、赵振江等人的翻译，在网上也可寻见不同的翻译版本，北岛也曾翻译过，并写下《洛尔迦：橄榄树林的一阵悲风》，记录洛尔迦的生平。这么多版本的存在，似乎说明不同译者都在传达洛尔迦的诗意。洛尔迦本人长相英俊，诗风奔放，名诗《海水谣》在西班牙家喻户晓，他的诗歌让人心动。假若不是西班牙内战，也许他会为我们留下更多的诗歌。美国著名诗人勃莱谈到他的作品时说：“洛尔迦的诗歌佳作是人类智力的楷模。”

后来，我在冷摊上陆续淘到洛尔迦的诗集，每次都毫不犹豫地买下。这并非是对诗人命运的悲叹，更多的是想通过诗歌来抵达心底的某一处，正如同他的诗《风景》所描述的：

橄榄树的
田野
像扇子一般
开启又闭合
橄榄园之上
天穹陷落
冰冷的星辰装点
晦暗的雨水
灯芯草颤抖着

河边漆黑一片
灰色的空气漾起涟漪
橄榄树
满载着
呐喊
一群
被囚禁的鸟
在阴暗之中
摇动长长的尾翼

不过，最近几年，似乎很难在冷摊上遇到诸如此类的诗集了。虽然现在写诗的人依然在增加，但能够出版的诗集数量并不是太多。在网络上读诗，可能没有这种纸质阅读的感觉好。不管怎样，在逛旧书店时，只要遇见诗集，总会拿下，随手翻一翻诗人的絮语，似乎一个下午都足够美好了。

相遇洛尔迦，行吟的谣曲，让诗歌传播得更久远一些，尽管有不少诗人在仿写，但是难以触摸到他的境界。在诗的世界里，多么奇怪。

# 人民南路上的房龙

开始淘书不过是近些年的事情，以前都是零散地在旧书摊淘一点，因为不知道书的好坏，不敢去翻更多的书，只是买点喜欢的作家的书。

2000 年的时候，我在成都岷山饭店后面新开街的一家文化单位上班，开始陆续买一些书。

那时，成都的街头巷尾还有不少地摊卖书，常常吸引了像我这样不怎么读书的人的目光，记不清有多少次流连于旧书地摊了。

有一次，一位朋友给我推荐了两册房龙的书：《房龙音乐》和《名人画像》（太白文艺出版社）。

郁达夫曾说："房龙的笔有一种魔力……无论大人小孩，读他书的人都觉得娓娓忘倦了。"房龙那时是一代知识分子的偶像，不少人作文不引用他的文字似乎就不深刻似的。在书摊上常见的房龙的书差不多都买了回来，自然是十分的喜欢。

不过，这两册书不大好找，我跑了好多书摊都没有遇到过。那时上下班都必经过人民南路三段，路的两侧有不少绿竹，在那儿就有不少旧书地摊。我下班时就挨个摊找寻，先是看见一册周作人的《雨天的书》，有点破旧，20 世纪 50 年代的本子，问老板，五元。我还至两元，他不卖，只好走掉，相信在地摊上淘到这样的书，应该不是很困难的事。但从此再也没有遇到过了。

在人民南路寻觅了不知多少次，都是失望而归，要是买一册武侠小说倒遍地都是，随便挑选也能找到满意的册子。但房龙的这两册书怎么也没有遇到。正在沮丧间想着无缘再见的时候，却不期然在街头遇到了，可真是喜出望外。

那天，我陪朋友逛旧书地摊，在一个不显眼的摊子上摆着不多的书，大多数人从这里路过，都会一扫而过。我也是随意地看了看，没有发现什么可买的。就在我转身欲离去之际，忽然又回头看了看：《房龙音乐》和《名人画像》正躺在那儿，似乎在向我招手，赶紧拿起，看了又看。老板说两册六元。价都不还，一直拿在手里。刚走不远，只听一个女孩的声音对老板说，有没有房龙的书？老板说，刚卖了两册。我没敢回头，生怕被对方抢走似的。

朋友走在身后说，干脆把那两册书让给她，说不定是一种艳遇也未可知。可我却说什么也不肯。艳遇在我看来，还没有这两册书靠得住，买回家至少不用担心什么了。

后来，我在人民南路还买过一册聂作平著的《房龙图话》（四川文艺出版社），这是我第一次买他的书，大约是跟房龙有关吧。

不想多年以后，跟他坐在一起喝酒，倒是忘记请他签名了。

从那以后，我常常逛人民南路的旧书摊，不知道哪一天起，它们风卷残云般地消失了，再也没有看到过这些旧书摊。现在，偶尔翻看这些书，依然会想起那些陈年旧事。

# 清水河上遇昌耀

现在的中国诗坛大概很少有人提起昌耀（1936 年 6 月 27 日—2000 年 3 月 23 日）了。这个青海诗人很独特，他的诗歌写出了典型的西部高原气质。据说，他真正引起广泛关注是 20 世纪 80 年代以后的事情，而我知道他的时候已是 90 年代。

那时，我还在北方的一个小城读书，那地方很偏僻，像样的书都很难见到，更不要说诗集了。不过，偶尔能见到一些诗歌刊物而已。我大约是在某一册诗歌刊物上见到昌耀的，文章似乎是写他对于诗歌的热忱。

“昌耀笔下的青藏高原圣洁而庄严，这个充满着草地、牧歌和‘河源’的地方是被作为生命、信仰和民族文化的发祥地咏叹的，笼罩着理想主义精神的光辉。而在具体的意象择取中，昌耀善于把高原的历史传说和现实的生活细节结合起来，从而在人类最基本的生活形态中体现他们最高贵的精神品格。”

那时读的大概就是这样的一类文字。因此，对他很是佩服，能把诗写到这种程度是非常向往的。那时，似乎是他的诗集《命运之书》刚刚出版不久的事情。

于是，便记住了诗人昌耀。而遇到他的诗集则是在“红粉之都”。那段时间，我习惯于下午逛逛旧书摊。成都的旧书摊，我可真逛了不少，九眼桥、川大、川师、建设路、海椒市等地的旧书摊我都去过，可惜现在都已消失不见了。仅有的几个旧书摊尚可去看一看，但惊喜也是越来越少了。

去清水河那边的旧书摊是偶然一天下午去五大花园做采访。回来时见有不少地摊，摆放着这样那样的东西，很是热闹，就顺便逛了一下，买了几册书。

后来，就经常来逛，《小说月报》《读书》都是一元一册。买了不少回来，可惜很少花时间去翻一下。

又一天，我到清水河淘书，逛了半天，除一册谭恩美的《喜福会》之外，并没有什么其他收获。在最后一家书摊，竟然奇迹般地遇到了昌耀的《命运之书》（青海人民出版社，1994 年 8 月出版），两元拿下。老实说，这本书设计得不怎么样，看上去像盗版（诗集盗版的很少），很容易就漏过去的。我猜想，老板看到这样的书也觉得不怎么值钱，能卖掉就算不错了吧，又岂知昌耀的价值所在呢。

回到家，赶紧将书擦拭一新，然后仔细读起来。令我印象深刻的不仅是他的诗歌本身具有的品质，更是因为它的出版历尽艰辛。这是他自费出版的第二部诗集。昌耀说，《命运之书》有两个含义：一个是探讨命运的书，一个是对命运的书写。这可以说是昌耀的“命运之书”。现在，经常能读到诗人朋友的诗集，甚至把它们与《命运之书》放在一起，高兴了就读一两首，也是一件快乐的事情吧。

这以后，我又去过几次清水河，因为住的地方距离那里太远，干脆搬到清水河附近住了。可是，搬来第一天下午，我走在熟悉的街道上，蓦然发现那些旧书地摊居然都不见了。

# 淘书的“在场主义”

如今淘书，不寄望于淘到几册满意的书，照冉大的话说，周末淘书，在场而已。这里的淘书人大致可分为两种：一是爱书人，二是生意人。我等爱书，也爱的是少数派，常常是处于淘书“饥饿”状态。但正因如此，总希望下一场有更多的收获。

辛亥革命与保路运动，是成都绕不过去的话题，但除了相关的资料整理，至今还没有一册可读可传播的书册，真是令人遗憾的事情。遇见《辛亥革命与四川社会》（隗瀛涛主编，成都出版社，1991 年 9 月出版），其中有作者王笛，也就是后来写《茶馆》的王笛。此书亦有可读之处。

川剧之类的书不少。偶遇《川剧揽胜》（四川人民出版社，1986 年 12 月出版），系“可爱的祖国”丛书之一。这次淘到的是作者陈国福的签名本，顺便拿下。其实，买到这类签名本在旧书摊是寻常的事。川剧振兴，一方面是学术研究，一方面是观众培养，皆不可忽略也。

交通与公路是带动经济文化的发展之路。当时，成都还没有一部关于公路历史方面的图书。这常常给人以想象，成都的手工业发达，与其道路发展有极大的关联。遇到《四川省公路志》（四川省交通厅公路局编，四川人民出版社，1985 年 1 月出版），自然不容错过。在今天以怎样的视角去打量历史，也许就会有了新发现。

王光祈是音乐家，其故事很多，《王光祈研究论文集》（内部资料，1985 年 6 月出版），是 1984 年王光祈研究会第一次活动的论文合集，从不同的侧面反映了王光祈的音乐思想。

前段时间，和朋友到新津纯阳观，对其中的故事很有兴趣。《新津纯阳观艺文集萃》（内部资料，1994 年 7 月出版），封面有些残破，但不影响阅读，系新津县文物管理处、新津县博古工艺研究所编。可惜对此处的慈善机构正心堂和妇幼院介绍缺失，也是一大遗憾了。

成都的教育史也很有内容。在 20 世纪 80 年代曾先后出版过不少相关图书。这类书有内容有故事，比现在的教育史书更靠谱。《成都无线电机械学校简史》（1913—1987），校史编写组编，内部资料。这个学校多次更名、搬迁，可见其中故事的复杂性。其实，这也从侧面反映了内陆都市教育的不易。

逛到 8 点已过，打算再溜达一下就撤到河边喝茶去。可巧，遇见了《四川烹饪》旧杂志，里面有王利器、车辐等人的文章，再翻，居然是创刊号。老板只要五元钱，那就拿下了，这类杂志只要遇见就收的。

四川省文史馆创办《文史杂志》也是在 20 世纪 80 年代，后来杂志的可读性虽然增强了，但文史性却减弱了。在旧书摊遇见 1986 年第 1 期的《文史杂志》，有介绍川茶的内容，更让人感兴趣的是，其中介绍了刘芦隐的晚年生活。

稍后在河边喝茶聊天。有时淘书，不经意间就会有新故事发生。8 点半左右，楼下的书摊都已纷纷撤离了。和周菽兄到四楼观书，平时淘书难得上楼来，总觉得收获不多，但此次在楼上亦发现几册颇有意思的书，也是意外的惊喜了。

# 相遇《巴蜀旧影》修改版

因春节还没过完，我未曾到送仙桥淘书，书摊都没有几家，也就懒得过去。

今早出门想去淘书时才发现落了雨，大概书摊也不会多，好在只要有书摊在，就可游逛一回，至于淘几册书，那都是意外之喜。何况是新年后第一次来此淘书呢。

抵达送仙桥，果不其然，书摊不多，大约只有十多家，皆在长廊下摆摊。书少，淘书者却不见少。遇见林文书局天林，聊一下春节见闻，就各自去淘书。

逛了一阵，只得一册《成都市东西干道建设竣工纪念画册》，这样的画册不过是记录，因考虑以后可能用得上，花费 15 元拿下。原来约好杨若虚、喻峰来淘书，大约因为下雨没有来吧。

且不管他，在老刘书摊选了册《双流文史资料选辑》（九），其中有双流的竹枝词，怕错过资料，先收下再说。老刘系“老乡”

（河南沈丘人），大方，不仅送书，还送了一套青花瓷茶具。前几天，我在网上看到他店里有山川早水的《巴蜀旧影》（四川人民出版社，2005年5月出版），特请他带过来。回到家里翻阅这本书时，发现书里的错讹之处均有铅笔修订，也是难得的阅读笔记，可惜不知修订者为谁。

淘了一阵书，实在无书可选，恰好杜荣辉带着儿子也来淘书，打声招呼，就各自散去。老刘等人也收了摊，一起到龙抄手食府吃早餐。我把《巴蜀旧影》书款转过去，老刘带着浓浓的河南腔说，这本书价高。天斌说：没事，该咋收就咋收。我也说，我是看到你这里有才买的，不在你这里买也会到其他书店买的，因为刚好是写作用得上的资料。最后付款260元，就这也比网上书店便宜些呢。

吃完早餐，我继续到四楼旧书摊淘书，楼上书摊出摊的更少。有一男子在书摊选购小说读物，大约是某个地方图书馆配书，一家书摊订100册小说，他选书也是东挑西选的，不过是当成生意在做的吧。顺便看了下他选的书，真是有点糟糕，这样的书拿到哪里去填充图书室，大概都是可悲的事情吧。

在楼上书摊，淘得一册普照寺水陆法会的资料《水月道场　空花佛事》，这样的书当然有其价值。如果不做研究，闲看也可了解一些佛教知识。另一册为成都时代出版社出版的《走近成都：书目集萃》（1987—2006），通过书目可知这些年出版了哪些关于成都的图书。原来也想着有机会做这样的资料汇编，却因资料不全无法进行下去而作罢。

遇到小王，他最近一段时间在四楼摆摊，楼下就没有出摊

（有时其夫人也会摆书摊）。春节期间他回了广汉的乡下，他说广汉的年味比成都浓得多。大概因为乡村还多保留着过年的乡俗吧。

淘完书，顺便看看在二楼开店的老乡姚子，他搞篆刻，名气很大。现在成都做文化的安徽人也有一些，打算有机会写一写。路过的时候，他刚好在店里，顺便聊了几句，即到河边茶铺吃茶去了。

# “茶禅一味”的境界

早上出门的时候，才发现昨晚落了雨。既然已出门，还是要到送仙桥走一走。更何况约着杨若虚、喻峰一起淘书呢。虽然我在“成都淘书群”里多次说过周末淘书的事，还不时有人追问，去哪儿淘书？当然是送仙桥。

也许，周末起个大早去淘书，对不少人来说是比较困难的事。

果不其然，书摊并没有想象得多，但比上一周也多了数家。在一书摊看见段玉明等人撰写的《圆悟克勤传》（内部资料，2010年11月出版）。此前我淘到过一册《成都佛教史》，段玉明也参与撰文，想来此传记记叙了圆悟克勤禅师在成都的生活，故而取下。禅师对中日文化做出了贡献，尤其是对茶文化提出了“茶禅一味”之说。如今的昭觉寺尚有其遗迹，这也是许多成都人不知道的地方。如今吃茶的人多，达到“茶禅一味”境界的人却少了。就像淘书，看上去人多，能品书味的却未必多。

《杨琦文集》（青海人民出版社，1997年3月出版），此册封面素雅，乃杨琦夫人罗英的签名本，书名也由其题签。对杨琦所知不多，好在书里有介绍。序言里交代了作者1949年前即进行诗歌创作。1989年在锦江边巧遇老诗人木斧，于是重新拾起笔，又写起了诗。

成都有个星期二茶会，坚持了许多年，从其中大略可以看出流变。参加茶会的人众多，有诗人、作家、艺术家，等等。虽然杨琦所说的名字不多，但也可以想见其规模和趣味。无疑，这也是成都文学史、茶文化史的组成部分。我曾参加过大慈寺和东风大桥的周二茶会，如今，这样的茶会已经消失了。

新场古镇是一个有意思的古镇，尚未完全开发，保持着古镇的原貌。在书摊遇见了一套古镇明信片，顺便拿下。这类明信片需要时间才能看出其价值。其实关于成都的种种乡土资料，即使仅为只言片语也能提供些许线索。因此，遇见了就会拿下，反正这类资料花费也不多的。

如今的文化人到了老年，都喜爱出版个人的作品集。尤其是以前有点文艺细胞的，或书画或文学，一旦退休以后，就好像迎来了第二春。遇到这样的书，只要是不太难看，我都尽量买回来。

刘崇理的《晚秋拾零》（内部资料，2006年12月出版）在旧书摊遇到，已经成为散页。我对此人所知不多，好在书里有介绍，且有不少“名流”的题字、合影。他曾在四川省人大常委会任职，因此与文化界颇有往来。这本集子里所收录的内容很杂，既有诗歌，也有游记，更不乏评论。他对四川人物均有着墨，多有闪光点，比如对浣花溪豪宅持有批评意见，仅仅这一条就可看出其性格中的一面。

近几年，汶川博物馆的陈小华先生时常邀约写羌族文化的文字，对此，我没有太多研究，不过看到此类资料就写一写罢了，但也只是粗浅印象。在旧书摊看见一册《羌族社会历史调查》，遂取下。

《壮岁英豪》，峨眉电影制片厂1992年送审的本子。虽然是本小册子，但书里附有场景拍摄的说明，比如洛带会馆、灵岩寺都曾取景。这是一部关于辛弃疾的电影，编剧王资鑫系扬州人，写完这个剧本后成为专业作家。然而，查这部电影却不见记录。翻阅手头的峨眉电影制片厂的资料，才发现电影已改名为《辛弃疾铁血传奇》。

# 淘书偶得

原来计划和几位朋友周末同去清流镇的清流大书坊，结果只有两三位有时间同去，无奈取消改去玛赛城淘书。

抵达玛赛城时才早上7点40分，只有一些杂货摊摆起来，了无兴趣。

闲逛了一会，在一家旧书摊前，遇见1981年1月出版的《草堂》杂志创刊号，此乃成都杜甫研究学会、成都杜甫纪念馆联合编辑，发刊辞乃张秀熟撰写，不妨留意一下。封三乃篆刻家葛墨庵先生所刻的杜甫《咏怀古迹五首 · 其一》。此外，还有一条“杜甫研究学会和日本早稻田大学中国古典诗歌研究访华团举行座谈”的消息，访华团团长松浦友久在离开成都时还写了一首诗，具体内容未见披露。回国后，他还写了专文连同所摄座谈会的照片发表在《朝日新闻》上。另外，此册扉页有题名“周叔平”，不知藏者何许人也。

在另一书摊，遇见唐来春的《盆景造型艺术》，系成都市建设学校在1980年4月自印的教材。唐来春乃成都建设学校教师，编著有多种教材。此册多是盆景造型的介绍。

《蜀乡状元谱》（四川省社会科学院出版社，1984年11月出版），是四川省社会科学院出版社推出的四川农村专业户列传，此书收录了成都的10个专业户，其中有营门口公社的专业户周开富，由此可知20世纪80年代初的成都农村情况。像这样的“列传”似乎之后少见了。

《我的回忆与思考》（四川人民出版社，1992年12月出版），著名经济学家彭迪先撰写，记录其丰富的一生。他曾于1921年在成都高等师范附中求学：

> 成都高师在当时的“皇城”内，皇城门外十多米，左右两侧各有石雕的大石狮子一座，显得相当威武。石狮前有一石牌坊，牌坊上有“为国求贤”四个大字。皇城入口有三个大城门洞，联结城门东西两侧是皇城城墙。一般进出都通过中间的一个城门洞。进入大城门洞，就是高师的大门。由此进去几十米是“明远楼”。楼后几十米上一个大台阶就是“至公堂”，“至公堂”前面有一刻有“旁求俊义”四个大字的石牌坊，接着就是过去作“考棚”用的“至公堂”，可容近千多人开会。学校课堂宿舍也多。校址大约是从现在的人民南路展览馆到后面的一大片，长约两三百米，宽约七八十米。高师附中也在皇城内，从高师校门左侧进出，紧接高师，教室宿舍整齐完备。有一个大运动场，内有跑道、跳高跳远的沙

坑和单杠双杠，还有足球场、篮球场、网球场等。西侧二三十米就是城墙。校址相当宽大，现在的中学也很少这样宽的校舍。其位置就是现在成都市政府的办公楼和宿舍的地方。

在另一家书摊淘到一册《成都青白江区姓氏文化源流选编》（内部资料，2016年6月出版），由青白江区政协文史委员会、青白江区地方志编纂委员会办公室编。此书册虽简洁，却可知当地家族之过往。比如，余氏即有流沙河先生的姓氏来源，而何氏则有天地出版社总编室主任何勇兄的家族故事。

最近几年对画册颇有兴趣，巧遇摄影家熊小立的摄影集《天府有鹭》。此册记录了成都白鹭故事，可知成都的生态情况，也是值得留意的专题摄影集。

此外，还在一家书摊遇见文守仁先生遗著《蜀风集》，文守仁乃成都市新津县邓双乡人，出身书香门第，后来通过高等文官考试，步入仕途，并随中华民国国民政府迁台。此册是自印本，只印了300册。文章大多在《四川文献》月刊发表。《四川文献》是1962年四川文献研究社创办的月刊，保留了大量四川历史文献史料。

随后看见一册锦江区地方志编纂委员会所编的《成都市东城区志》（成都出版社，1995年11月出版），封面设计乃已故书籍装帧师盛寄萍先生。此册收录1953年至1990年的成都市东城区史料。其中有一些有价值的史料，故也拿下。

像这样的淘书，还是基于基础资料的收集。确实，我们要想了解历史，唯有在这旧书中寻踪了。这样的阅读，虽然是历史回溯，更是追寻地方文化传统，自有价值所在。

# 偶遇的乐趣

前段时间瞎忙，加之时不时下起小雨，也就难得去送仙桥淘书。虽然说，每次去淘书未必会遇见中意的书，到底还是心存希望，去总比不去的好。

抵达送仙桥已经是早上7点钟，已有多位熟人在旧书摊间寻觅。这时有一小书商骑着电瓶车过来，刚把尼龙袋里的书放下，一群人就一拥而上，三下五除二就将书选完了。

每次去送仙桥淘书，差不多都是这个时间，实则已无多少珍稀的书刊可淘了，好书基本已被挑选得所剩无几。如此巡游书摊，不过弥补手头缺失的书册而已。

因各种书摊已被淘书者多番挑选过了，故可选之书数量并不太多。逛了半天，遇见伍老立杨的旧著《梦痕烟雨》（四川人民出版社，1995年1月出版）。这是其最早的读书随笔之一，其中所收文章皆短小。想不到此书在出版20多年后，品相还不错，想来其主人也是极其爱书之人吧。

成都文人的书，在旧书摊遇到的并不太多，且写成都生活的更少之又少。因此如能遇到，定会拿下。至于地方志书，在这里也是难得一遇，大约多是在孔网上销售了。

如今，关注地方文化，更着力关注不同城市的研究情况，有不少题材可以做得更有市场一些的。也曾跟杭州周华诚兄沟通交流过些许经验，但对这类图书的认知，不少出版社还没有更清晰的思路。这类读物若是自费出版，意义就不大了。

随后，在另一家旧书摊，挑选了个小册子《四川省城市交通规则实施办法》，此册系四川省公安厅编印。其印刷的背景或许是随着城市的发展，进入城市的人口持续增多，相继出现了一些“交通乱象”，故有相关的规则出台。像这样的资料，平时遇见也并没有太在意，时隔多年回头再看，也小有价值，至少可以给我们提供四川城市交通史的一个侧面吧。

逛书摊的乐趣正是这种偶遇，看似不经意，却又让人充满了期待。

有几家在网上开店的朋友，每次逛市场都有不少收获。我时常看着他们选书，从中发现些许故事。一个人的阅读精力有限，偶遇到喜欢的书，能够阅读一二，就很知足了。在我，每次所淘的书，能在以后的工作中转化为新的创作内容，是再好不过的事情。

我喜欢这种偶遇的乐趣。

# 赶场淘书记之玛塞城

“爱书人总能在书里发现无上的乐趣。”淘书也是如此。杂事丛生，已经有一段时间未曾去玛塞城淘书了。

周六早上，选择去淘书。刚好“书店故事”公众号主编韩松来成都游逛，顺便看看成都的书市，于是事先约好，逛书摊之后，再去逛书店，也是美妙的书之旅吧。

多年之前，和韩松在石家庄见过面，还逛了当地的几家书店。这几年的年末，我都会在“书店故事”写一篇“书店观察”的文稿，这样的交集是因书店而来的。

抵达玛塞城还不到 8 点钟，已经有一些书摊摆了出来。我微信联系韩松来观书。见到冉大，也说了这事儿。

看见一册陈治安先生编的《水韵太和》，签名本。继续逛，在一家书摊前看到张惠昌的《文史拾遗》（四川大学出版社，1995 年 10 月出版），张惠昌乃四川省文史馆馆员，对四川文史多有考证，且是一些事件的亲历者，故值得一读。书中附录有《国民党四川省党部组织沿革》《民国时期四川省级政府组织沿革》《四川历届省议会组成人员名单》等，都是很珍贵的史料。

韩松说昨天耍得太晚，就不赶过来了。这真是有些遗憾的事。在一堆书前，傅天林、冉二在挑书。我看了看都是半新的书册，兴趣不大。

刚好看到武侯区文化体育局编的一册《三义庙鞋歌》，虽是历史故事新编，多少有点意思，只是做得太简陋，甚至连版权页都省略掉了，太不应该了。

继续闲逛，有一书贩带来一口袋书，刚把口袋放到地上，众人一拥而上，将书从口袋里倒出来，纷纷抢夺中意的书。

在一家书摊前，看到地铁七号线开通纪念《环您一个新四季》，虽然是资料集，但还是精装，大致把这条线路说清楚了。遂购下。后来网上查阅，成都地铁的好几条线路都出版过这种内部资料的书册。也许以后也是研究成都地铁的重要史料吧。

关于乡土的资料，常常做得比较简陋，因之在不少文化人眼里，“价值不大”。但也正因如此，这类资料更可能成为一份史料。

在另一家书摊遇到《粗粮传说》，仿连环画，介绍双流万安的粗粮部落，是为蔬菜节定制的，也算是应季资料之一种吧。

冯晖也赶过来淘书，聊了聊之前出版的《成都街道漫步手记》。冯老师为此连续做了多场活动，收获不少。这段时间和一些作家联络，发现成都作家关注本土生活，还需多从一些细节着手，做出独特的风格来才够味道。

在玛塞城的南口，有两家旧书摊，刚来的时候还没出摊，逛了一阵再过去，已经摆开了。看了看书，有画册之类的，兴趣不大，却意外地看见卫复华先生编纂的《增补鹤鸣山志》，此册是因成都大邑县道教协会成立而印制的，仿线装书。大略翻翻，以为这类书要价会数十元，询价并不高，即取下。这几个月在书摊寻觅，得卫先生的作品仅《大邑图书馆志》数种而已。

杨若虚也过来淘书，逛了一圈书市即去毛边书局·桃蹊书院观书。害天斌和我等了他半天，他却跑去书院了。随之，我们也赶到桃蹊书院。

# 赶场淘书记之送仙桥

早上五点就醒了，泡杯茶吃完，出门去送仙桥旧书市。按以往的惯例，假期间的旧书摊数量少，且遇到满意的书机会并不多。但不去书市走一遭，怕这个“机会”就更少了。

以前，“彭眼镜”还带书到送仙桥，自从在玛塞城开店之后，就几乎没有来过了，而且现在好书也越来越少。据说北京的旧书店直接订货，成都的书贩只能望书兴叹，且不少人感叹，赶场淘书是越来越难以遇见好书了。

像我这样闲散的淘书人，遇见什么样的书皆是缘分，至于淘到的书多书少，那是另外一回事。果不其然，书摊数量大减，淘书人也少了许多，且不少是熟面孔。意外地看到赵夜白在书市出现，平时大家都忙，故见面的机会极少，闲聊几句后开始淘书。作家阿万对一些日记本甚感兴趣，据说其藏量可能居成都之冠。像这样的专题藏家成都还有一些。

遇见一册《四川新华书店志》，本来有兴趣询价，但看上去是新版的，也就作罢。这类书新版常常不是增补一些内容，而是剔除一些“不合时宜”的文字。如此，书看上去是完美了，但却丢掉了一些史料，实在可惜。

旧体诗现在市场上不少，比如有册《夕阳红诗稿》，红色封面，不少诗后有小注，大致可了解其人生履历。多数旧体诗为“老干体”，没什么阅读价值，偶尔翻阅一下，随即舍弃。

在另一家旧书摊看见《杜甫诗意画专栏》，1956 年的册子，要价颇昂，据说上一场有人出价上百元，但没有成交。不过，想着以前买过印着杜甫诗意画的明信片，何况也是写青羊区的文稿，不妨收入囊中，也算是一种资料补充吧。随后，在孔网上查阅，此书标价不过数十元，但已拿下也就不多说什么（不过，另送一册王维明的《生命之旅》）。

校园回忆录最近几年出版的不少，但大多为内部资料，故只有旧书摊可遇见。在书摊看见《岁月弥珍：校友回忆录》，精装，系成都纺织专科学校 2009 年出版的册子，老板要价太高，还价数元，等交易时老板说没零钱，也算是未曾讲价吧。这当然是店家的做法，不过是能多赚点儿就多赚点儿吧。后又淘到不少学校的校友回忆录，这样的回忆录大可弥补校史的不足。

可能因为假期的缘故，遇上几位熟识的朋友也来逛书摊，比如贺宏亮等在书市上现身，大概是溜一眼后，发现无可观之书就回去了。倒是平时说“爱逛书摊”的朋友，未曾出现在书市。

前次，在孔网上查阅林文书局有一些油印的《成都接管大事记》之类的资料。遂留言购买，上周送仙桥见到老板傅天林，却以为是《接管成都》的书册。这次总算是带过来了。我欲付书款。“算了算了，这个送给你了。”这可是非常感谢的事。忽然想起，前不久老杨说天林几十元收了一份四川地图，转手即价格上万。这算“商业机密”了吧，就没特意找天林求证一下。

逛一圈下来，见无喜爱之书，想着即将去哈尔滨参加第十七届全国民间读书年会，不如早早归去，处理一下手头的文稿要紧。

# 过了“淘书也疯狂”的年纪

如今早就过了“淘书也疯狂”的年纪，故淘书只淘喜欢的册子。这不，一连数周未去送仙桥，倒也没觉得怎样。虽然如此，若长时间不去书市，恐怕也会渐渐地被“遗忘”吧。

这天早起，天还黑着，路上无行人，三三两两的车子在奔驰。到公交车站，时间刚刚好。坐上车，眯上一阵子，一群老太太上车一直说个不停。好在距我还有点远，只觉得像噪音吧。

下了车，还不到7点钟，书摊已摆了不少。林文书局傅天林四点钟就到了，估计已淘得七七八八。像我这样的晚来者恐怕捡漏的机会又少了许多，且不管他。一些淘书客或手机照明或打着手电筒，我也如此巡游书摊。然多数书并非“所需”，只是略过。

在一家书摊看见季富政先生的“巴蜀乡土建筑丛书”，盒装，四册。询价，不高，果断收入囊中。预估今天淘书不多，也就没带背包，只好单手拎着书继续逛。遇见王承军，已选了两本书，看样子价格也不高。

在一家旧书摊，店老板问我手中这套书价几何。告之后，他感叹着，这套书在网上可以卖到上百元。喜欢就好，并不在意书价的高低。

《华西都市报》的仲伟老师来书摊，约好采访老刘。于是，领他们见面，然后一个人继续溜达。见一册成都市公园城市建设领导小组编的《公园城市：成都实践》，因关注这类话题，故翻了翻，又见一册大熊猫申请非物质文化遗产的资料，也翻看一下，刚好有所需的资料。两册，要价 50 元。以前也在此多次买书，再问，老板一通解释，也就不再多说什么，付款了事。像这样的资料虽然不是特别珍贵，但作为一种参考，自然有价值，不妨先收下备用。

杨若虚昨天还说今天来逛书摊，已经近 8 点了，还没见人影。桃蹊书院院长傅天斌也没看见，这倒是稀奇事。在成都的旧书市，他可是甚少缺席。

逛了大半圈，天已大亮。那些在黑夜里逛过的书摊，再看看有没有什么新发现。说新发现几乎是越来越不可能，因为淘书淘到最后，能够收到的书数量并不多了。尽管如此，不逛旧书摊，将永失捡漏的机会。

果不其然，在一书摊看见谭天的《宽霖法师传》(四川民族出版社，2005 年 5 月出版)，这本书看到过多次，却从未买过。我记得当时谭老师写这本书的时候还在《蜀报》工作。曾经的成都文化界以宽霖法师为荣，他的书法、对联、佛学皆有造诣，也曾听过不少他的故事，故取下此书。

看样子今天的收获就这么多了，得书不过三四册而已。看看再无感兴趣的书，便打道回府了。

在车上闲翻书，先看了看《宽霖法师传》，翻到最后一页，原以为是空白页，岂知却是作者的签名，赠给一位叫“史梅”的友人，时间是2007年。这样的签名本流落到旧书摊也比较常见。一些书（哪怕是签名本），因为用不上了，也会在清理之列。倒是签名页撕去是不太好的事，一本好端端的签名本变成“残书”，虽有阅读的价值，至于收藏就难免打折扣了。

# 淘书的微妙之趣

今天是星期六，成都并不是很炎热。

五月将近，遗憾这个月逛旧书摊的时间太少了，可能错过一些有意思的书。本来计划到遂宁陪儿子参加升学考试，但儿子已经到了不需要陪同的年纪。

于是，就有了一个机会到玛塞城去观书。7 点 40 分抵达市场，南口已有一些古董商摆起了地摊，看看这样那样的物件，没有熟悉的内容，也就只好路过。原来摆旧书摊的露天位置，被几位古董商“侵占”了，几个熟悉的书摊并没有出现。

然后往里走，书摊依旧，看见一册古琴家王华德先生的纪念集《琴者情也：川派古琴艺术家王华德诞辰 90 周年纪念》，摊主要价 20 元，还到 10 元拿下。看到这册旧书，我想起曾到王老在成都青羊区老东城根街的寓所拜访的旧事来。后来，我还以此为题写了篇短文，刊发在沈阳的《老同志之友》杂志上。

逛了几家书摊，没有遇到心仪的书，倒是在一家“十元书摊”有所发现，挑挑拣拣，选了三册书：

《正葆八十后稿》，作者杨正葆（苞）是崇州人，四川省文史馆馆员，故其文章多涉地方文化，虽然有的作品只是“猜想”，亦可看作“80后”的思索。说实话，这样的思索在今天很难得。

《西北中学六十年校庆》，是一册西北中学的纪念性笔记本，也是一个资料吧。

选了两册之后，实在寻不出合适的，又想着去逛毛边书局·桃蹊书院，就顺手拿了册《激情岁月：成都东郊工业史话》，这本书本不必购买，记得手头有电子版，这次顺便买下，不过为了方便查阅资料而已。

时间还不到9点钟，大家像约好似的一起来到桃蹊书院。书院还没有开门。好在有傅局在，得以进来，直奔三楼的“巴蜀地方文化专架”。

今天要查找的书，一是关于峨边的地方文献，看到了几种，但和现在要写的文章无关，遂作罢。二是寻找与金牛区或成都文化有关的书册，发现了几册，刚好这类书可以丰富自己的专藏。

每次在书架间寻觅图书，还是觉得有点浪费时间。后来干脆在孔夫子旧书网上的“毛边书局”寻书，以关键词搜索店内的图书方便了许多。果不其然，寻书的效率提高了许多，又找到几册关于金牛区的图书，亦发现几种手头未有的地方志。

这一趟淘书之旅，还是收获颇丰。

其实，在淘书的过程中，未必有太多的期待。那是因为许多五花八门的书难得，在旧书摊更是难得一见，只要不是空手而归就满足了。

有时候，淘书就是在遇与不遇之间，其中微妙也就有了故事。

# 书友聚会

话说去玛塞城淘书，无非是书友聚会，顺便看看有无中意的书册。这一周想着赶第一班 113 路公交车过去，刚好步行到金牛立交桥南就看见公交车驶入车站，紧跑几步过去，恰好赶上第一班车，很幸运。

抵达玛塞城才 7 点过 5 分。这里的小剧场周六下午时常有川剧演出，也许是我到得早了些，还没看见水牌摆出来。一些古董商已铺开了摊面。对此我兴趣不大，随后旧书摊也开始陆续出摊了。刚好看见沈元瀚老的旧体诗集《巴人咏》，这本书家里已有一册，但一时找不到了。五元拿下，正好可以补写相关文章了。沈老应该还有新的诗词作品，可惜的是未曾看到结集出版。

在另一家旧书摊，看到一册巴金文学院十周年纪念册，内页已经被写写画画，打算价格相宜的话买回去作为纪念，不料询价时，才发现这纪念册价格颇高，无奈舍弃。

在一旁的旧书摊，见傅局正在挑选图书。我也随手翻了翻，哼哼哈哈书店黄老板也在观书，看上去并没有什么收获。随后，我在这家书摊选了两本小册子：李全中的《四川客家姓氏源流》，四川客家研究中心编印，2005 年 3 月出版，大致翻阅一下，觉得还有些意思。这本书很薄，黄老师说看上去像一个广告册子。

还有一册《耕余集》，作者陈永康，四川营山人，1949 年前后在四川大学读书，后来在营山中学工作并退休。书里有关于营山的一些记录，如龚家干货铺、营山县城的茶馆等，可能跟其曾编辑《营山文史资料》有关吧。其中有一篇《永恒的怀念》，是回忆 1952 年胡耀邦同志视察营山中学的旧事。

林文书局的傅天林今天似乎收获的图书并不多。我在旧书摊巡游也没有选中什么书。最后，在至诚书屋选了套“府南河旧梦”明信片，共 12 张，摄影陈维，责任编辑陈锦，设计周明。像这样有关成都的明信片，只要手头没有的，还是要收存一份的。说起陈维，印象中，自从出版人吴鸿 2017 年去世以后，和他就没有了往来。

匆匆淘完几册书，几个人就赶去了毛边书局 · 桃蹊书院聚会。有时书友的聚会，是淘书之余的补充。大家坐在一起聊聊书人书事，也是开阔眼界的事。

# 心水读物越来越少

星期六的早上，我未曾到玛塞城淘书。书友刘祯贵倒是在朋友圈晒了几家旧书摊和旧书店的照片，感觉淘书的人和旧书，数量并不算丰富，内心也算少了点遗憾吧。

星期日，几位书友约着去送仙桥旧书摊闲逛。在过去的一年，来此淘书的频次有所减少，还是看看淘书的运气再说。不过，总的来说，自己淘书的面太窄，以至于每次收获都不算丰富。

这次，起个大早去送仙桥，路上遇见书友，说是前一天才去成都博物馆看了五个小时展览。这精神头儿真是难得。

7 点钟到了送仙桥，看见零星的旧书摊，大家戴着口罩寻书。书摊前聚集的人并不多，看了看书摊前的场景，倒是几家卖红藏的书摊比较整齐，其他书摊显得有些零落。我对文学书的兴趣不是很大，倒是对地方小册子兴趣多一些，然可寻找的机会也少。

吉祥哥在书摊逛了一阵子，虽然拿了个红色手提袋，却一无所获。他的藏书多，故选书很挑剔。老杨逛了一圈书摊，连连感叹：没有啥书可淘啊！

我也在人群中穿梭，看了一些书，总觉得意义不是很大。有一些与巴蜀文化有关的画册似可入手，但对艺术所知不多，买回画册有啥用处，还是未知数，作罢。

在一家书摊遇到几册关于都江堰的书，其中有一册历代诗人咏都江堰，看了看，手里有更好的版本。记得曾看到一册有关都江堰的《灌县民俗志》，如今却是遍寻不见。最后只选了两册：蒋永志的《都江堰历史文化之谜》和黎民泰的《都江堰民俗掌故精选》。店家很客气，都是熟人，看着给就是了。话虽如此，还是少不了三五元一册吧。淘旧书也是看心情的。

再次浏览旧书摊，还是没有更多发现，有几册品相不错的诗集，却觉得用处不大，舍弃。倒是有一册平乐古镇的手绘平面图看上去不错，品相却一般，还是没有拿下。

其间，电话联系了成都市民俗文化研究会秘书长喻峰，打算请教有关民俗的事儿。他还在睡觉，感觉声音有些疲惫，也许是这几天的应酬太多，趁着周末睡个懒觉吧，估计再睡一会儿会过来。

现在，不少行业比较萧条，旧书业也是如此，出来做事的人拼的就是人脉和资源，做事情比之前要辛苦得多了。这就是当下的现状。

逛书摊，心水读物越来越少。如此，淘书的兴致也少了许多。

# 就地过年的“余粮”

成都雾霾。这样的天气，最适合在家休息，观书。

眼看着在成都就地过年，过年总得有“余粮”。对爱书人来说，就是多几册书也好。那么，淘书似乎是势在必行了。还是起个早，出发去玛塞城。

上个月，成都一下子开通了五条地铁线，公交车线路也相继进行了大调整。原来从金牛立交桥南坐 113 路过去，现在要么转车过去，要么走两公里才能坐上 113 路车。因此，这样的淘书之旅更像是一场远足徒步。算下来，来回一趟可轻松“行脚”5000 步矣。

这次去得早，抵达玛塞城不过 7 点多一点儿，古玩摊出摊还不是很多。旧书摊恐怕也不容乐观，也许市场就是这样的不景气吧。

刚看到一书摊，就看见林文书局傅老师在挑选图书。地上有些书，还有一些书堆在推车上，草草地翻一下，并没有太多可供选择的书，好歹选了两册 ：林文询先生的《五彩夜》（宁夏人民出版社，1993 年 11 月出版），封面题字为张贤亮，虽然是小说集，还是有可观之处。《五十回眸：川西日报创刊五十周年纪念集》，此书乃内部资料，也是了解《川西日报》的历史资料。书后的通讯录看似无价值，却提供了一些人物线索。

老高是“金古董”金成梦老师的亲戚，每次路过都要翻一翻书。我路过的时候，他正在摆摊，边上有四川省教科所编的乡土教材《四川历史》以及《成都批判》等书，这几本书之前买过。然后就看到了一套重庆南开中学的校史、校刊，有专辑也有特刊，大概有一二十册的样子，可惜的是我对重庆没有研究，也就放弃了。

也许是到得太早，各个书摊还没完全摆出来。在等候的间歇，见到毛边书局·桃蹊书院傅老师，聊了聊之前的川菜活动。最初打算没事也去看一看，但后来去了蒲江。听傅老师讲现场的活动情况，还算不错。然后又谈了谈手头的项目，“发现簇桥”系列还得继续做下去，也许是书院孵化的一个项目。川菜文化也得继续挖掘，需要更多地采访、记录老艺人。

继续逛书摊，巴蜀文化，尤其是成都有关的书册，现在能遇到的是越来越少了。这也是我逛旧书摊次数减少的原因之一。何况还有一些比较好的旧书并没有在旧书摊上贩卖，而是转移到了网上书店，如此买书也就方便多了。

书摊陆陆续续地摆了起来。但我留意到一些熟悉的书摊还是没有出摆。在一家书摊前，淘到一册《张忠良纪念文集》。像这样的纪念集，现在出版的数量似乎不少，只要内容和成都相关的，都可以买下来做资料留存的。

又逛了一圈旧书摊，还是没有更多的收获，只好打道回府。

# 仅得一册书

正月将近，逛逛旧书市，好歹总是去过也不心存遗憾吧。

抵达玛塞城，不过七点一刻。在路上还在想：夜里下了一场小雨，旧书摊还会有多少出摊，真是未知数。但逛一下总是有遇到“好书”的机会，宅在家里，却是连遇到“好书”的机会都没有的。

也许是因为夜里下了一场雨，旧书摊并不多。只有四处逛逛，不出所料，并没有发现中意的书。

在眉州书馆，老板带来了几口袋书，袋子还没打开，大家争着打开口袋，开始选书。三下五除二，就抢到了心仪的书册。我在旁边看着，却忘记拍下照片。面对这样的淘书，我常常在旁边观察，确实，在旧书市场上更容易看到众生相的。

在一家书摊买了册舒德芳的《四代人生》（四川文艺出版社，2003 年 9 月出版），由王火和林文询老师分别作序，扉页有签名赠书，却没有题款。这是一本自传体小说，有可读性，且书里写到不少成都的风土人情。小说的开篇即是青羊区的奎星楼街，这是记忆中的老街。翻看一下，对小说的背景还是蛮感兴趣的。

逸读书房，上一次来的时候，不知何故没有开门。这一次来，期望能淘几册书。在书架前寻觅一圈，终究还是空手而归。

在市场的另一头还有几家书摊，规模不大。走过去看看，也没有看到满意的书。看见刘祯贵老师在挑选“红色图书”，这样的书册我关注的不多，有时看看，也会增长不少见闻。

在一家书摊发现一册关于“老川菜”的书，翻看一下，是本菜谱，封面看上去似乎很有味道。川菜、川茶文化，这几年我都有所关注，也相继写了几本书。一直在记录这个时代的些许风貌，也许多年以后回过头再看，还是有几分价值的。

有关成都的书，近来在旧书摊遇到的机会大大减少。品相一般的倒是常见，稀缺的版本难得一遇。有一些地方出版的书，在旧书店常常是看不到的，一般都放到孔网上销售，价格会更高一些，有些书倒只有在旧书摊才能遇见。

忙活了大半天，只淘到一册书，也算是收获。要走的时候，遇到刚刚来的冉大。这里有几家旧书店常常在 10 点以后才开门的。因为要参加一场读书活动，只好告别旧书摊。

期待下一次的淘书之旅。

# 在书时光中变老

清明节前一天，刚好是周六，遂决定去玛塞城旧书摊看一看。坐车赶到玛塞城时，还不到七点半。古玩摊前已经围了不少人，转去旧书摊区域，看到数家书摊。

通常都是8点才正式出摊，感觉就像餐前“开胃菜”，让人看了特别兴奋，瞬间腾起购书的欲望。林文书局傅天林、毛边书局傅天斌，以及冉二、谷子等人已经在旧书摊前开始选书了。我也加入队伍当中。

老高每次出摊都很早。在他的摊位上看到自贡、开江的地方志书，他也向我推荐了一番。我通常只是关注成都周边的书籍，更远一些地方，甚少涉足。倒是在他这儿看到一些课堂用的幻灯片，现在不少学校已经没有了。如果收集起来，也是挺有意思的事吧。

稍后，金成梦兄从邛崃赶了过来。罗马假日广场市场衰败之后，这里就成了新的亮点。成梦兄带来了一册《邛崃民俗志》，这也是成都最新的一种民俗志吧。

在一家书摊前看到有关成都的几册旧书，最后选了册袁永庆的《收藏岁月》，序言是由流沙河先生题写的，且是手稿影印，很难得。流沙河先生说：

> 袁永庆五十年代高中毕业后，成绩虽然好，却因他父亲的经历问题……不准升大学，只好做苦工，修理汽车。他家住在西安路一条陋巷，太太有病，儿女尚稚，靠他一人供养。我回成都工作后，首先去看他。陋巷深处，树荫小屋两间，低檐窄户，是他的家。门口一大盆脏水浸泡着塑料旧鞋底，待他下班回来忙完家务以后，再去一一刷净泥垢后，送到收购站去换几元钱，补贴家用。看他家中光景甚苦，只是不愿叫穷罢了。

逸读书房在这里可以说是最大的旧书摊了，一共经营着三个书摊和一个铺面。我爱去逸读书房淘书，几乎每次都会有所收获。这次再去逛一逛，看到几册回忆录，显得有些“高大上”，只好作罢。如果再平民化一点，多一点记事，少一点感慨就更好了。

逛了几家书摊之后，依然无甚收获。

最后在一家书摊淘了两册书，一是黄友良的《巴蜀史志丛谈》，黄友良曾任《四川省志》副主编，这本书市场上常常看到，所谈内容皆与巴蜀历史文化有关。我更关注的是其祖籍为安徽宿县。在孔网上翻查和他相关的图书，大概有《四川省志 · 民俗志》《方志编纂实用教程》《四川省烟草志（上下）》《乐山宗教文化游》等数种。

再就是陈锦的《茶铺》(四川美术出版社，2008 年出版)，书中收录了 248 幅图片，虽然这本书还曾出版过几个版本，但这版是最为适宜的。翻阅这些老照片，好像走进了四川茶铺的旧时光。

在回家的路上，翻阅《茶铺》，看到与成都相关的内容，还是很激动。如今像陈锦拍摄的老茶铺已经不多见了。偶尔在乡场上还能看到，却已经没有了昔日的味道。

逛旧书摊，才发现岁月不经意间已经变老。

卷五

# 书海寻醉

# 陪吉井忍逛旧书店

成都方所书店曾连续举办国际书店论坛，影响力不可小觑。我去参加过几场，很受启发。

2017 年的书店论坛期间，日本学者、作家吉井忍女士来成都参加活动，顺便访一访成都旧书店。缘来客栈老板傅寒知道我熟悉成都的一些旧书店，就联络我充当吉井忍的向导。

说起吉井忍，我早已不陌生，而且买过她写东京书店的那册《东京本屋》，内容有趣，我曾给天津的独立书店天泽书店推荐过这本书。

吉井忍在《东京本屋》里写的虽然是日本书店生态，中国的不少书店也与此有着相近的际遇。说到底，书店不管开成怎样，都离不开书店与周边（社区）、书店与人的关系，以及书在书店里的陈列到底该以怎样的方式呈现，都是值得关注的话题。

诚如吉井忍在书里所言，书籍的陈列有着独特的乐趣。有时书的确是好书，却卖不动，为什么会这样？可能是书籍陈列的方式出现了差错，以至于逛书店的人忽略了好书的存在。这就涉及书店的陈列和设计，应当从读者的角度考虑，而不是以“我”觉得怎样合适就怎样陈列。

我到旅馆去接吉井忍时，顺便带着这本书请其题签。意外的是她也为我准备了此书。聊天时，我才知道她在1996年时就来四川大学留学，对成都生活并不陌生，至今还会说几句成都话。因此，聊天也就少了几分陌生感。

吉井忍计划写一写中国具有代表性的旧书店。下午的第一站去府青路二段的玛塞城艺术品收藏市场。缥缃书局就位于这里的负一楼。刚好冉大兄弟都在书店，冉二有些腼腆，话语不多。于是，吉井忍和冉大对谈，了解缥缃书局的故事。我在书架前巡游，淘书。

当时的成都旧书店大多破破烂烂，更像是废品收购站，只不过是以书为主而已。

缥缃书局第一次开实体店，与冉大这些年全国各地跑有关系，他甚至去香港、台湾淘书，偶尔也会出国去日本，自然就开了眼界。他是成都旧书界具有相当视野的人物。

吉井忍对成都旧书店的好奇，大概是跟这个城市有缘的关系吧。当年在成都读书，也许逛过成都大大小小的书店，可惜的是多数书店已经不在了。那时的成都，楼房没有这般高，道路也没有这般宽，故而今天行脚成都会有一种“迷路”的感觉。

选过几册书之后，我坐下来喝茶，听他们摆龙门阵。吉井忍询问得很仔细，尤其是一些开书店的细节，比如选址、比如旧书进货，等等。她都一一记录在案。我时不时也加入进来，一起探讨成都书店的话题。

已经近下午 4 点钟，冉二理完了书，有事先离开了。我们继续聊天，冉大说起开旧书店的理念："把书店做得更好一些，给更多的读者找到好书。"吉井忍比较不同地区的旧书店说："成都还欠缺像方所那样的书店。"

确实是这样的，成都旧书店虽然整体质量很高，但就书店规模和店面形象来说，还真有不少需要改进的地方。吉井忍记满了几张书写纸，翻页，继续记录采访的要点。

5 点钟，这里的商家纷纷打烊，冉大也要收拾书店，做打烊前的准备。吉井忍不得不中断了采访，尽管如此，她对成都旧书店的印象也应该大有改观吧。临行前，冉大约着第二天早上去送仙桥逛逛旧书摊。可惜的是，我因为有事未能赴约，自然就不能一起体验淘书之乐。

不过，由吉井忍逛旧书店一事，我想到，若成都的旧书店都有这样一份敬业精神的话，恐怕会愈加令人刮目相看了。

# 爱书人的读与藏

“你为何喜欢书？”参加文化聚会的时候，时常会遭遇这样的问题。这个问题不好回答，干脆岔开话题，闲扯一些别的事情。爱书这回事，看上去虽然高雅，但和诸如泡茶馆、打麻将之类的喜好一样，不过是在娱乐的同时，收获更为丰富罢了。

倘若回顾自己这些年的读和藏的历程，也是件有意思的事。最初的喜好阅读，与许多人一样，只是满足自己的求知欲。尤其发现自己的生活有些贫瘠之后，就期望了解外面的世界，那时各种娱乐方式很少，电视、网络还没有出现在生活中，而读书是了解世界最便捷的方式。

在读书的路上，常常通过一册书联系到另外的书册，如此连绵不断，才发现在阅读的路上还是很浅薄的。

我还记得刚开始阅读时，去图书馆寻书，当时图书馆的借阅期很有限，如果一本书要想反复阅读的话，还是买回家看比较好。

如此一来，在阅读的路上走得越远，买的书也就越多。

每每读过一册好书之后，总觉得有话要说，也有欲望把自己的“发现”分享给更多的人，意外之喜是，还有读者愿意阅读这样的文字，这也是动力，我会将读书这件事持续下去。

事实上，在今天博览群书并不是难事，难得的是读有所获。有时为了读得更多，匆匆浏览一眼扫过，即便当时记住了某些内容，却还是读得不够深刻。

最近，我在阅读谷林先生与扬之水的通信集《爱书来》时，发现谷林先生读书时做摘记，且时时校对书中的错讹之处。这样读一册书才算真正读书。反观自己的阅读，还是少了这些“认真劲”，当在今后戒之。

当然，阅读的过程并不能一概而论，可以多种阅读方式相结合，这样才能收到更好的效果，具体可参看《朱子读书法》。

此外，泛读与精读应当根据书籍的类别与兴趣而定。窃以为，好书适宜精读，一般的图书泛读即可。要说泛读，也没有一个标准可供参考。但读得多了，自然能分辨出一本书的好坏。

有时阅读，几册书同时进行交叉阅读，这样的益处不会因读某一册书而产生“阅读疲劳”。今天的阅读很大程度上就是挑战“阅读疲劳”。

然而，受阅读时间的限制，阅读这事又变得很零碎。这时候，不妨随身携带一册书，见缝插针式的阅读，也是最佳方式之一。不只是今天的读者欠缺充裕的阅读时间，古人也是如此，欧阳修有“三上”之说（马上、枕上、厕上），盖因人生有涯而阅读无涯也。

至于藏书，并非是我的目的，而是发现需要阅读的书籍多了，对那些书册爱不释手，于是购买回来，插入书架，以满足占有欲。但仅仅藏书还是不够的，这就需要阅读。

古时的藏书家，多是专业领域的学问家。近代以来，学术专业分野，藏书家与学问家很难画等号。所谓藏书就像投资一样，期待手里的书册在未来能实现升值。

在我，藏书不过是因那些书册有趣，加之又有实用价值，故收入囊中。至于版本、装帧设计等要素则时常被忽略。以至于一位出版社的编辑评价："你淘的书虽多，有价值的却不多。"

然而，就是这样的淘书支撑了我近年来的地方文化探索，尤其是一些名不见经传的小地方，需要这样"不起眼"的资料拼接出完整的"文化地图"。

在某种程度上，爱书人的读与藏，是一个相互促进的过程。就像一个人的生命，通过这种行为完成人生的升华。

# 嗜书瘾君子

有个作家说，与书相遇是一场罗曼史。确实是这样，比如某次逛冷摊，自以为现在能遇到好书的机会越来越少了，去也是白搭，但不去的话，又觉得心痒难耐。如此遭遇，循环往复。

这次估计也不例外。不承想，刚逛了一家，就遇到钟鸣的《人界·畜界》，5 元拿下，实在是痛快至极。钟鸣在成都郊区开了家私人博物馆，名为鹿野苑，曾专门跑过去参观。他现在已很少写文，书更是少见，能在冷摊遇到真是意外惊喜了。此行获此书，即便其他书摊无所得，亦足矣。

这样的惊喜多少是令人感慨的。经历得多了，逛书店遇到或遇不到自己喜欢的书，似乎都不再重要。

有段时间，每周六早上去书市看新书，周日跑到草堂旧书市逛旧书，一周的休息日大都这样安排，忙得不亦乐乎。下午再找个地方看书，或参加读书会，听听别人关于读书的高妙言论，有不少好书就是在这种场合知晓的。

每周买书的钱不断增加，以至于出门时只要带上几百块钱，准要往书店跑一趟，否则一天心里就不踏实。到了书店，可买可不买的，也都拿下。书放在家里，即使不看，也觉得有几分心安，不会在以后需要时再去为了寻找它们而大费周章。

有段时间，热衷于网上买书，特别是同城的网上书店，更是常常光顾，先在网店把书选好，下订单，随后挑个时间过去取书，总比跑到书店挑书省时省力。此举有一大好处，即遇到好书能及时下手，不会轻易错过。某次在网店刚刚下单，订了扬之水的《脂麻通鉴》，一位在书店里买书的朋友恰好也看到此书，发现已被我订下，不免懊恼一番。没办法，这可是我久觅而不得的书，肯定是难以相让的。

爱书之人，大凡都有这样的经历：起初买书，看到中意的就买，也不管价格的高低、书的好坏，自然难免吃亏上当。但在爱书人眼中，不过是小事一桩，毕竟不是“血的教训”，如果买重复了转让就是，不好的版本换掉就是。买来买去，经验自然大增，于是，买书的品位也高雅起来。以至于最后，不好的版本、品相不好的书都入不了法眼，时常唏嘘“好书越来越少了”。

家中藏书剧增之后，才发现自己买的书，认真读过一遍的少矣，差不多变成为藏书而藏书了，这可是要不得的事情。如此藏书家不做也罢。

某一天，出得门来，找不到去处，忽然想起小区里又开了家小书店，一直没时间去，干脆去看一看，也许会有惊喜也未可知。看到书店里满架的新书，大都是不太中意的书，浏览之余，不由感叹怎么没有想看的书?

正打算要走，看到一个新书台，上面有一册《嗜书瘾君子》，汤姆·拉伯著，大致翻了一下，作者以幽默诙谐的手笔，把爱书人的种种爱书病状一一胪列出来，让爱书人看了会心一笑。在轻松自如的笔墨中，作者带我们回顾了图书的历史、开本、风格、功能和种类，可谓妙趣横生，别有风味。呵呵，赶紧买下。

一回到家，就着手细读，篇目挺吸引人的。读着读着，不得不感慨，这书中瘾君子的病情和症状与我居然有些类似，我大概也算一个嗜书瘾君子吧。呵呵，想必汤姆·拉伯也不会反对。

# 如果没有书店

北京绿茶兄爱书、淘书，这样的书生活很别致。当我读到他的“书游记”系列时，非常感慨，像这样的爱书人才算是真正的爱书人。

比如，他在《成都书游记》中说：“成都朋友多，来的次数多，每次都尽量抽时间逛几家书店。这些年下来，大概去过几十家书店。”可惜的是，绿茶兄到成都寻访书店的时候，我因去外地而未能见面，不免遗憾。绿茶兄曾在书中说：“期间给朱晓剑兄打电话让他来一起晚饭，不巧朱兄出差去了。”

像绿茶兄这样勤于逛书店的人，在今天似乎已不多见了。

在其新书《如果没有书店》里，绿茶兄记录了书之旅。那么，对爱书人来说，没有书店的生活，该是多么寂寞。尽管现在有当当、京东、孔网等众多的购书网站，但一大波爱书人还是爱逛书店，尤其是旧书店，它们带来的不只是淘书的乐趣，更在于精神上的愉悦，以及偶然收获的惊喜。这种情感美好而又玄妙。

每一次踏上寻访旧书店之旅，都是未知的旅程，却总是有所发现。虽然说对每一次逛书店都充满期待，但能遇到怎样的旧书却是未知的，常常是逛一圈书店下来，可能一册书也未收入囊中。

不必懊恼，毕竟这种逛也会带来些许满足感。总之，爱书人对旧书店的感情是复杂而多变的，与网上淘书不太一样。不管在哪一家网站淘书，我们都期望以最低的价格买到品相最好的图书，仅此而已。还有别的精神寄托吗？

但在旧书店或旧书摊就不一样了。至少在逛的时候，可以和店员或者摊主进行交流，哪怕这样的交流所获得的信息是有限的。但这样的交流带给人的是真真切切的在地感受，是不可替代的。

在不同的旧书店，感受到的氛围也不同。比如，有的店主会询问你需要什么样的书，然后热情地推荐相关的图书。也有的“怪”店主对陌生的访客不太热情，似乎认为这样的访客打扰了书店。

即便在旧书市场上，熟悉的摊主都会热情地招呼，至于买不买书，那得看书缘。书缘是最说不清楚的事。但和一本书的缘分到了，即便是偶然路过，也会有所留意，书价合适，就会收入囊中。如果店主喊价太高，又是寻常可见之书（并非稀缺版本），哪怕失之交臂，也会觉得无所谓。

早些年，在旧书店遇到《成都掌故》，要价四五十元一册。偶然在送仙桥旧书市场上遇到一大堆，只要五元一册，自然买上几册，哪怕送人也是好的。像这样的书缘，也很有趣。

倘若是稀缺的书册，即便价格高一点儿，也会收下。某次在旧书市场上遇到一份《黄田坝街道志》，手写档案。要价略高，考虑到这有可能是唯一的，还是狠狠心拿下。

又一次，遇到一册《东风渠》的设计稿，里面的图片是黏贴上去的，编者注明图片需放大或缩小，这样的一手资料也是不可多得的。当时觉得价格高放弃了，等回头再去找寻，发现已被买走了，亦让人后悔不迭。

有一年，在湖南醴陵参加旧书展时，买了一册钟叔河先生的《书前书后》，还是初版本。活动结束之后，和朋友到长沙的念楼拜访钟老，拿出这本书请钟老题签，也就多了段书林佳话。

你看，如果没有旧书店、旧书摊，可能这样的乐趣就没有了。读《如果没有书店》，还是让人感慨颇多：爱书人的那点小情怀，在今天也是珍贵的。

# 向一家旧书店致敬

向一家旧书店的致敬，有很多种方式。比如，举行相关的纪念活动，又或者出版一本图书，都是很不错的做法。在2020年10月举办的第十八届全国民间读书年会上，不少爱书的朋友拿到了《参差物语：毛边书局二十周年纪念文集》，感到很惊喜。

那是因为毛边书局从湖北十堰出发，最终落脚成都。傅天斌以一己之力，淘书贩书，一路走来，走了20多年，也做了许许多多的事情，仅仅贩书而言，就留下了不少的故事。

我曾在毛边书局淘书，时常会遇到形形色色的书友，这些相遇也是书故事的一部分。

在毛边书局创办20周年的时候，书局主理人傅天斌先生起意做一本纪念文集，期望通过这本书记录毛边书局与书友之间的往来，其中有图片，也有文字，更不乏文化名家的题词。但是，由于种种原因，这个文集并没有按预期出版。

2018年下半年，毛边书局已经变身为毛边书局·桃蹊书院，拿到了第十八届全国民间读书年会的主办权。因此，出版纪念文集再次提上了议事日程。

不过，由于近年的出版政策，正式出版一本书并不是一件容易的事。如果不是本版书，而是以自费的方式出版，所需费用对一家书店来说，确实有点高，也是件不大容易的事，最终决定以内部资料的方式出版。

于是，请西安藏书票艺术家崔文川先生担纲整体装帧设计，之后就有了这本《参差物语》。在我看来，这本书既是爱书人的一次合唱，更是对毛边书局的致敬。

编者在《编后记》中这样说：

> 这本书分为两部分，第一部分为书友谈书，选取全国各地的书友谈毛边书、毛边书局或《毛边书讯》的篇章，从中我们可以看到书友之间的往来，以及毛边书局的二十年经营之道。
>
> 第二部分为媒体关注，主要选取了毛边书局成立二十年来的纸媒、新媒体的报道，限于时间限制，报道毛边书局成立二十年之后的篇章并没有收录到这本书中。将来有机会，再行编选相关的文章吧。《毛边书讯》虽然只出版了五期，由于出版时间很久了，现在难得一见，因此我们在书中收录了《毛边书讯》的目录，以便读者了解这本刊物的过去。

此外，这本文集除了三篇序言之外，还收录了不同书友的题词，比如济南自牧、北京谷林、成都车辐等人的题词，各有精彩，也是毛边书局的发展见证。

在整理这些资料时，很容易发现，一家书店不管是不是“网红”，在“光环”或“成功”的背后，都有着不同的心酸故事，这一点时常难为外人道也。

当然，毛边书局并不满足于贩卖图书，更为重要的是参与到公众阅读服务当中去，其间成立了“毛边书友会”。这几年，“行脚成都”也多次和其合作，举办了一些读书会活动。虽然不少读书活动已经变得很小众，却也是星星之火。

毛边书局今天已经成为成都文化地标的一部分，每次去怡福路 300 号的毛边书局 · 桃蹊书院，都能感受到浓浓的书卷气。这一点，在今天的书店氛围中，同样重要。要知道，今天的书店，经营变得越来越丰富，但唯一不可缺少的就是书卷气。

读这本《参差物语》，让我们感受到了读者对毛边书局的爱与“恨”，而这种情感的表达，也让书店多了一份温暖。

# 逛逛旧书店治头疼

这几年，花在旧书摊上淘书的时间不少。外出旅行，每到一个地方都不忘去逛一逛旧书摊或者旧书店，虽然不期望有多大的收获，至少可以看看风景嘛。

几次去天津，民俗学家由国庆兄都陪着逛逛旧书摊，还是收获不一的。这样的同好，让我们走得很近。国庆兄还有个网名叫“故纸温暖”，可以看出，他将不经意的纸片视为宝贝是怎样的情怀。

在《渤海早报》还没停刊的那阵子 国庆兄在副刊开有专栏，讲述淘“故纸”的故事。只要去旧书摊逛一逛，就会有形形色色的故事，当然不是买卖中的讨价还价，而是遇见这样那样的“故纸”，有的是久觅不得的，有的是偶然发现的。这其中的微妙情感，总让人一言难尽。

我和国庆兄一起逛旧书摊，遇到的故事也是多样的。由于他经常买一些时常不为人重视的老广告、老商标之类的，对其中的真伪格外了解。我对此的粗浅认识也和国庆兄有关。后来，这个专栏在其他媒体也刊发过一些。那时候，我就期望这些作品有朝一日能够出版成册。

后来，国庆兄告诉我，这些记录已结集为《逛逛旧书店治头疼》，在台湾一家出版社出版。嗨，这书名让人觉得真是安慰，又有说不出的兴奋。要知道这类题材的书，现在不易出版了，皆因读者小众。好在，书是否出版并不重要。重要的是，淘书淘“故纸”是一种享受，更何况还能“治头疼”呢。

旧书摊多是临时摊点，随机、偶遇，说不准的故事奇多。旧书店也多有网店，故纸也好、旧书也罢，值钱一点的都搬到网上卖去了。唯有在旧书摊还能偶遇惊喜，尽管如此，偶遇的机缘也是越来越少了。不管怎样，都挡不住逛的热情，这对爱书人来说是享受。

如今一年逛旧书摊的次数几近百场，尤其是周六周日一大早必得去逛逛，好像“瘾君子”一般，到了旧书市场，哪怕是打望一回也好，但不去逛一下就觉得心里不舒服，逛过之后一整天都有精神。

逛旧书店是否能治疗头疼，我不太清楚，但不逛旧书摊的心痒难耐，我可是感同身受。

再读国庆兄的文章，也就多了些趣味——在我看来，这些感受于今天也是稀缺的事情。

# 想起了叶灵凤

读书常常会有出人意料的结果。

大概是在2000年以前的某一天，逛书店刚好赶上旧书促销。于是，就买了叶灵凤先生的《读书随笔》三册，以及姜德明先生《北京乎》(上下册)，书上还盖着“三联书店图书酬宾纪念”的印章。这是第一次读叶灵凤先生的读书随笔。

这个系列还包括唐弢、黄裳、曹聚仁、郑振铎、冯亦代等人的读书随笔集。为何只选中了叶灵凤先生的三册呢，当然因为封面的雅致，封面设计为叶雨，其实是三联书店时任总经理范用亲自选编、设计封面，一本绛红色，一本灰蓝色，一本米黄色，主图都是比亚兹莱的画，颇有西书风味。

从这个系列里知道了许多人的书，真是洋洋大观。后来，我才开始阅读唐弢等人的书，说实在的，固然知道些许版本故事，却并不觉得那么有趣。

叶灵凤读书广博，下笔如有神。如《我的书斋生活》："最初，我还想挣扎，像在我的四周筑起一道藩篱，就是无形中的也好，至少可以守护着自己的一个小圈子。"后来发现，"没有了藩篱，也就没有了界限，从此我不再与现实发生冲突，我的书斋天地反而变得更宽阔起来了。"

我曾认识一位藏书家，家里几无立锥之地。家人抱怨，他依然买书不断，甚至在外面租房藏书。等到他去世以后，那些藏书云散。想一想，都让人唏嘘。如果只守着些许书，过安逸日子，家庭和睦，也未尝不好，可有时爱书成癖，连这一点儿也做不到。叶灵凤真是通达。

郁达夫的气质，西谛的藏书，小谈林语堂，死得瞑目的望舒……读来都见性情。叶先生也逛书店，收藏藏书票与藏书印……这样的话题至今不绝，爱书人读来，百年也不厌倦。

"真正的爱书家和藏书家，他必定是一个在广阔的人生道上尝遍了哀乐，而后才走入这种狭隘的嗜好以求慰藉的人。"他说的是书痴。如今周围买得起书的人多，而藏书需要的空间却越来越少，因之，做个书痴也大不容易。

沈慰在序文《凤兮，凤兮》说，他的居所在香港那样的地方算得上是宽敞的，却由于他的良好嗜好，弄得狭窄不堪。叶灵凤的藏书主要有三部分：有关香港的书刊、细分的画册珍本、西方的文学书籍。他不是藏而不读的人，尽管书太多而他来不及尽看，都在《读书随笔》里一一呈现出来。

后来，李广宇曾写《叶灵凤传》。他自述说："很长一段时间，叶灵凤充斥了我整个梦境，翻开任何一页出版物，只要出现叶灵凤三个字，都会放电一般对我产生一种勾魂摄魄的力量。”然而，想阅读叶灵凤的书，却也不易。之后，又读到他的《香港方物志》《叶灵凤散文》等书，还有方宽烈编的《凤兮凤兮叶灵凤》，也买来一册读读。

我虽不算资深的叶灵凤的粉丝，却从他的书里书外读出了书痴的大千世界：能与书相遇，是一辈子的美好。

# 签名本的情趣

前不久参加读书聚会，遇到一位旧书店老板，他带来一大摞书，请求嘉宾也就是书作者在书上签名。嘉宾看见有人带来自己的书，自然很高兴，很愉快地在书上一一签名。除了求得签名本之外，还得书法数幅。

这些签名本随后在网上旧书店抛售，价格自然不低。其中还有一幅著名翻译家文洁若先生的书法：尽量说真话，坚决不说假话。萧乾句，文洁若书。这幅书法在网上售价 1200 元，真是有些出人意料。

想起在读书会上，不少人求文先生的签名本，文老太太在书上认真地签名、钦印的场景，似有说不出的味道。难怪网友见了直感叹“让人情何以堪”。

这类事在读书的场所也时常遇到。老先生遇到爱书的青年，总是喜出望外，毕竟那一册册书还有人在读嘛，说明书还没有失去价值。可这些签名本最后去了哪里，不得而知。

我想起前几年有一位书友，爱看书话类的作品，就通过不同的渠道买了好些位作家的书。然后，开了家网店，将这些书出售。可书话类的书毕竟很小众，卖得并没有想象得那般好。于是，他就反过来说书话的不是。结果与读书圈渐渐地疏远了。

向作家求签名本也无不可，但只是把签名本当成一桩生意做，又不与作家沟通，实在是有失厚道。著名藏书家罗文华曾感叹：读书聚会上，有人竟一次带来数十本书，软磨硬泡地让它们的作者来新夏、陈子善、王稼句等名家签名赠言，结果把耄耋之年的来新夏先生累得够呛，让多产新书的陈子善先生忙碌得整个晚上连喝茶的工夫都没有，如此批量速成“名人签名本”，不是害人害己，也是“俗人俗己”。

话说得有道理，可也抵挡不住签名本利润的诱惑。至于在网上常见到的伪签名本，就更多了去了。读者对签名本原本还有珍爱之意，一旦商业化到不择手段的地步，签名本不要也罢。

在日常生活中，我也时常收到朋友们的签名本，且不说书的版本价值如何，却是友谊的见证。

如吴昕孺在《文坛边上》题签：晓为夜出，剑出名门，晓剑兄一哂。沈胜衣在《闲花》题签：闲是门庭有木荫，花乃草间得化境。周公度在儿童诗集《梦之国》题签：童诗一册，请晓剑兄惠正……点点滴滴，让人阅读时又生发出别样的情感来。

签名本的情趣当然不是在乎名利，不是在乎转手能赚多少银子，更多的是通过签名，让书册多了背后的故事。倘若没有了对书册的珍爱，谈签名本就有些奢侈了吧。

# 张洪沅的旧藏

周六下午，去新南路参加一个活动。活动结束以后，步行去郭家桥逛旧书店。此家书店分前后两间，前面大多或学生用书，或看上去像盗版的读物，意思不大，直接走到里面，倒有一些人文书刊，偶有捡漏的机会。

先是看看艺术画册之类，是否有手头需要的资料，为新书稿做一些准备。现在的工作是，一面听文化老人讲述旧事，一面查找资料，以补叙述之不足。

随后，翻到一册《词学》第十七辑。此册为纪念沈祖棻专号，内有年谱，沈祖棻和程千帆与成都极有渊源，1940 年曾在成都治病。1942 年，她与程千帆同应聘于成都金陵大学中文系，在此组织正声诗词社，并推出《正声》月刊。1944 年的暑假后，在华西协合大学中文系任教。在成都生活的几年，也有不少故事的。

接着，看见一册《四川省图书馆事业志》，初翻目录，内附四川各地图书馆和藏书旧影，又有抗战中内迁四川的图书馆内容，简洁明晰，大致可了解四川省图书馆的来龙去脉。

随后看见一大沓《清华校友通讯》，虽是复刊之后的读物，有十册之多。想来这类读物也不易见到，有总比没有好，也许可以挖掘出点内容来，先买下再说。

回家之后，整理这些《清华校友通讯》，见里面有清华校友总会的一个信封，是写给四川大学化学系教授张洪沅的，里面有一张收据，正是订阅杂志的单据，开心。在稍后的几期杂志中，我又发现了一张汇款收据，汇款金额 10 元，刚好杂志里附有清华校友捐款名录，里面有张洪沅的名字。此外，杂志里还夹杂了一张给他的便条。大致可以确定这是张教授的旧藏。再在网上查找资料：张洪沅，字佛宁，1902 年出生于四川华阳。化学工程学家，教育家。张教授是中国化学会和中国化工学会的创始人之一，并参与或主持创办了南开大学、四川大学和重庆大学的三个应用化学研究所，取得了有价值的研究成果，化工界的“张氏公式”。张教授于 1992 年去世。

最后，在书架上看到一册陈白尘的《对人世的告别》，三联书店版，书极厚，版权页上注明装帧设计叶雨，爱书人都知道，这是三联书店时任总经理范用的笔名。书后有陈白尘女儿陈虹的编后记，对此书的出版做了交代。我关注的是抗战时期陈白尘在成都的生活，也许会有篇章，翻开目录一看，果然有《阳翰老与中华剧艺社》《记〈华西晚报〉的副刊》等与成都相关，就毫不犹豫地取下。

时间不早了，再看看书架上的书，也没什么更新发现，且已有这些书，该知足了。付账 120 元，满意而归。

坐在公交车上，翻阅《四川省图书馆事业志》，其中编委有余晓林。记得那年四川省图书馆的龙晓蓉送了我一册诗集《默海集》签名本，署名是余晓林。如此坐在车上翻书，遐想，也是一种精神之旅了。

# 冷摊偶拾

于大多数的爱书人来说，淘书的故事都是相似的，只是每次淘书的情节有着些许的差异吧。回想以往的淘书之旅，虽不乏故事，但都是细微的回忆。由此亦可见淘书的平凡，并不像一些人传说得那般夸张，好似淘书就是一场修行似的。

由此，记录下点滴的故事，也算延续书香精神了。

某次在送仙桥淘书，人少，老板看似无所事事般地闲耍，这时淘书不妨讲价，因为要开张的缘故，老板似乎也不在乎那块儿八毛钱了。但这看似讨得了便宜，实则是让书房里的书又增加些许，岂不是花钱买负担乎？

淘书到末尾，老板们陆续收摊，总不可能空手而归，顺便在书堆里抽出一本《文学短论》，再看，却是孙犁先生的作品。虽是重版本，但也聊胜于无。在书摊上浸泡多年，相遇孙犁先生的书次数极少，几年未得一册，这不也说明爱书家多嘛。

有朋友晒诗集，我也晒了一册张新泉先生的《宿命与微笑》，签名本，成都出版社，1994 年出版，印数 1100 册。诗人印子君说：“这本诗集金贵！收入了新泉老师最巅峰的诗作，而他获得首届鲁迅文学奖的诗集《鸟落民间》里的作品，全是《宿命与微笑》选剩的作品。”这本诗集是我还在大学时逛郭家桥旧书摊买回来的。

时常关注本土文化，但限于资料收集，也是难以做得更好。偶然遇到此类的书册，自然不肯放过。在送仙桥淘书时，遇到一册旧体诗期刊——《蜀风诗词》，还是创刊号。5 元拿下，当然不只是因为创刊号，更为重要的是里面有陶亮生去世后，朋友写的悼念诗一组，由此可看出他的影响力。

这位陶亮生，是值得一说的人物，幼承家学，饱读诗书，1919 年以第一名成绩考入成都高等师范学校国文部。在民国时期的四川教育界，他和另一国文教师文百川齐名，川人称誉他们为成都教坛“黑白二将军”。文百川肤色黧黑，被称为“黑将军”，陶亮生皮肤白皙，被称为“白将军”。可惜的是，成都高师，全国三所国立高等师范之一，名师荟萃，堪称四川最高学府，却没有一册书记录这段旧事。

偶然逛书店，遇见白谦慎的一册旧书《傅山的交往和应酬》，是“中国书法博导丛书”之一，书的扉页有一段题跋颇有味道：

朱衣道人傅青主，与顾炎武过从甚密，图复明之大业。传说二人曾以明末农民起义军秘密银库创办“山西票号”，以控制全国金融资助抗清运动。此不乏知识分子以诗集行动扭转“百无一用是书生”之成见的一例。

乙酉年春中

虽不知这段题跋是何人所写，但书中多有勾画眉批之处，想来也是爱书人的吧。

在郭家桥旧书店，时常有一堆破旧的书，看上去品相很差。这次去逛，顺便翻了翻，居然翻到一册平明出版社出版的杨绛翻译的《小癞子》，文学译林之一。此册的封面缺失，却还是有版权页记录它的历史，1951年初版，1953年据初版重排。

杨绛先生曾说：“我翻译的西班牙名著《小癞子》经过修改和重译，先后出过五六版。我偶尔也曾听到读者说：‘《小癞子》，我读过，顶好玩儿的。’这正合作者《前言》里的话：‘就算他（读者）不求甚解，也可以消闲解闷。’至于怎样深入求解，我国读者似乎不大在意。我作为译者，始终没把这本体积不大的经典郑重向读者介绍，显然是没有尽责。”

这本《小癞子》如今推出新版本，但我还是觉得老版本才够味儿。

旧书摊上，遇见鲁迅的散册比较多。在鲁迅100周年诞辰时，少年儿童出版社曾出版过一册鲁迅翻译的《表·小彼得》，关于这两个作品，儿童文学作家陈伯吹曾说：“这是一本优秀的儿童文学作品，在当年介绍给中国的小读者、老师和家长，以及儿童文学工作者，不但非常及时，而且在文化生活的窗口里吹进了一阵馨香的新风。”

当然，多数时候，冷摊淘书，并没有那么多的惊喜。何况随着书市的变迁，淘书也就成了“奇怪”的事。即便如此，也阻挡不了爱书人对书的喜爱之情。

# 点亮书店之光的人

在书店一个接着一个关门时，我总会想起菲兹杰拉德在《书店》里描述的一个场景：“当火车开出车站时，她坐在那里，羞愧地低下头，因为她生活了将近十年之久的小镇并不需要一家书店。”

与这种情形相比，当下的实体书店在不少城市呈现出复兴的态势，归根结底，因有政府扶持、场租优惠等措施，让书店再次回到人们的视野之中。

书店之光，在每个城市点亮。这种温暖的灯光，照亮了人们的回家之路。前几年，在成都，各种书店增长迅猛，本土书店如言几又、散花书院、轩客会等持续扩张，而外地品牌书店如钟书阁、西西弗、当当、几何等书店持续进入成都。即便是给人印象一般的旧书店，也有毛边书局开设了实体店，经营得有声有色。这在成都是前所未有的情况。不过，是不是说成都的爱书人的消费能力在持续增长呢？似乎不好下这个结论。

从全国的范围看，不少省会城市都有地标性的书店，它们在引领当地的阅读潮流中发挥着至关重要的作用。比如，昆明的东方书店、西安的关中大书房、南昌的青苑书店、天津的天泽书店、哈尔滨的果戈里书店等，各具特色，也时常推出不同的主题活动，吸引着无数的读者在书店流连。在这里，读者或参加阅读活动，或安静阅读，或以书会友……这样的阅读氛围真好。

苏格兰最大的二手书店，一家名叫“书店”的书店店主肖恩，是威格敦图书节的组织者之一。2019 年，肖恩出版了《书店日记》，在书里我们读到这样一个故事：他在 18 岁时第一次在苏格兰小镇威格敦看到那家名叫“书店”的书店。他和朋友散步路过，看到堆满书籍的橱窗，对朋友说：“这家店到年底一定倒闭。”13 年后，他买下了这家书店。肖恩在经营书店时，周游各地收购旧书、寻找珍本，请教上一个时代硕果仅存的书林前辈，管理个性奇特的店员，与令人尴尬的奇葩客人打交道，也和忠诚的顾客维系着悠长而牢固的纽带。

这样的做法，让我想起了成都缥缃书局的店主冉大，他与弟弟合开了一家旧书店，弟弟平时守着书店，他则周游各地收书，与不同的书业人物打交道，也有不少的经典故事。如果他将这些记录下来，恐怕就是中国版的《书店日记》了。

北京布衣书局的胡同先生也是实干家，在贩书之余，不管忙到多晚，坚持每天记日记，记录书店故事，而且每月能写五六万字。现在又开始坚持每天“直播”，这样的记录，也是保存了一份当下书业的史料。

这两家旧书店只是旧书业的缩影。旧书店常常给人杂乱无章、店面逼仄的印象。日本作家吉井忍在出版《东京本屋》之后，萌生了写写中国旧书店的念头，我曾跟随她访问过成都旧书店。也许在她的眼里，中国最具特色的还是这些旧书店，它们以古旧书传承着中国文化的血脉。

最近几年，我也陆续走访了不同城市的新旧书店，也可以说见证了它们的发展历程，时常为当下书店人的努力精神所感动，记录下这些时刻，集结成了《我在旧书店等你》这本书。

正是因为爱书，这些书店人才愿意把更多的好书分享给更多的人群，让更多的人体会阅读的乐趣。

现在流行的一种说法是：你的阅读量为你建起一座书店。那么，遍布在不同城市里的新旧书店，无疑在潜移默化地影响着我们的日常生活，阅读正在成为人们生活的一部分。唯有如此，才能真正带来文化复兴。

# 后记

旧书店在近几年发展迅猛，并成为书香社会重要的组成部分。但是，社会对旧书店的关注还是很不够的。可能与旧书店的社会形象有关吧。

比如说，我们时常会看到不少读者到新书店打卡，却很少见到他（她）们与旧书店合影。说起旧书　可能给人“来路不明”的感觉。事实上，并不是那么回事。

在今天，旧书店所承载的功能也在逐渐多元化，它们不只是贩卖旧书的场所，也是文化的“抢救站”。不少图书因为进入旧书店的视野，从此改变了书籍本身的命运，避免了可能化为纸浆的危险。旧书有了新读者，也发挥了新的作用。或用文艺点的说法，“焕发了新生命”。

旧书看上去有些破破烂烂，封面不大整洁，因此，对于一些读者来说，留下不佳印象也是自然的。但旧书就真的一无是处吗？

在古旧书中，一本稀缺版本，哪怕是残本，也会受到重视的。但这样的情况对于今天的二手书来说，似乎并没有受到更多的关注。

这是因为，今天我们看到的二手书数量众多，价格低廉。但如果以时间长度来计算，即便是二手书，倘若有阅读价值、版本价值，若干年之后，也是珍贵的书册，价格也会上涨的。

毫无疑问，一本书的出版也好，流通也好，最好的处理方式是交给读者、交给书店。如果是一本好书的话，自然会流通下去。否则，在旧书店里也难以寻觅，注定会消失的。

当我们换一种眼光来看旧书店，或许会发现，它们在我们的生活中同样不可或缺，甚至有爱书人说 ："旧书店是一座城市的灵魂。"听上去有些夸张，却道出了旧书店存在的价值和意义。

旧书店就像餐饮店、咖啡店、茶馆一样，满足了一座城市的不同需求。淘书数十年，你会发现爱书人对旧书店的爱，始终是满怀着希望，因为在旧书店里，在书海徜徉，偶然发现的心水读物，都能带给爱书人以愉悦的心情。对此，我深有体会。

在成都，旧书店的数量不在少数，放眼全国，也是颇具特色。我在跟旧书店打交道的同时，也收获多多。每次淘书之后，我均会写下长长短短的文字，记录旧书店的生存状态。确实，与旧书店的频繁往来，更多的是与店主的信息交流，从中可以看出店主的兴趣和喜好，以及他们对旧书的态度，也是挺有意义的事。

当我们感叹"老字号"有着悠久的历史时，每个旧书店、旧书摊的历史却是短暂的，短的数年，长的也不过数十年。但不管世事如何沧桑，总是有旧书店、旧书摊在持续接力，完成文化的传递。这种文化传承，其实是由一群人持续坚持的。在文化的历史长河里，书店所扮演角色大致如此，书店人对此一直都有比较清醒的认知。尤其是旧书店，担当的责任在今天或许更为重大，当我们想要寻找古书旧籍时，只能选择去旧书店碰碰运气，因为各地图书馆并不会收藏所有类型的图书。

故而，在这部《我在旧书店等你》中，我对旧书店、旧书摊给予了更多的关注。如今，关注书店的人群越来越多，这是好事。就我而言，在这些年关注书店的过程中，既跟书店人打交道，也和读者交流，这是不断成长的过程，而且书店自身的观念也在潜移默化地变化，一直向好的方向发展。

多年的淘书经历，让我的书生活变得更为丰富。在这里，应该感谢那么多的旧书店、旧书摊，正是因为与书相遇，才留下了这许多故事。

期待，在旧书店遇见更多有意思的人和事。

2023 年 6 月 28 日